MW01687668

Recuerdos de una noche

ANNE OLIVER

Harlequin™

Editado por HARLEQUIN IBÉRICA, S.A.
Núñez de Balboa, 56
28001 Madrid

RECUERDOS DE UNA NOCHE, N.º 1845 - 28.3.12
Título original: Hot Boss, Wicked Nights
Publicada originalmente por Mills & Boon®, Ltd., Londres.

I.S.B.N.: 978-84-9010-269-5
Depósito legal: B-1514-2012
Editor responsable: Luis Pugni
Fotomecánica: M.T. Color & Diseño, S.L. Las Rozas (Madrid)
Impresión en Black print CPI (Barcelona)
Fecha impresion para Argentina: 24.9.12
Distribuidor exclusivo para España: LOGISTA
Distribuidor para México: CODIPLYRSA
Distribuidores para Argentina: interior, BERTRAN, S.A.C. Vélez Sársfield, 1950. Cap. Fed./ Buenos Aires y Gran Buenos Aires, VACCARO SÁNCHEZ y Cía, S.A.
Distribuidor para Chile: DISTRIBUIDORA ALFA, S.A.

Capítulo Uno

¿Un condón?

Kate se quedó mirando la pequeña bolsa de organdí que la embriagada vestal doncella, a punto de casarse, le había colgado de uno de los dedos de la mano.

Ignoró las burlonas sonrisas de las demás destinatarias, todas ellas amigas solteras, y, avergonzada, cerró las manos, que pegó a la delicada su falda de bailarina de danza del vientre. No era aficionada a las fiestas de despedida de solteras, con sus acostumbradas connotaciones sexuales. ¿Cómo iba a sobrevivir aquella noche con un condón en la mano, a pesar de estar dentro de la pequeña bolsa de organdí color lavanda?

Por suerte, un velo escondía la mayor parte de su rostro, ocultando su rubor.

–Ah, ya… Yo…

–Vamos, Kate, anímate –le instó Sheri-Lee–. Sólo se vive una vez.

Kate se quedó sin saber qué responder y Sheri, entonces, le agarró la bolsa de organdí y se la colocó debajo de la cinturilla de la falda.

–Despreocupadamente soltera hasta que encuentres a tu príncipe azul –añadió Sheri.

Las otras chicas se echaron a reír, como si la idea les pareciera absurda. Ella no pudo evitar sentirse ligeramente ofendida. ¿Era la única, entre sus amigas, que pasaba de los veintiún años?

–Bueno... gracias –una risa ahogada se le escapó de la garganta al tiempo que miraba en dirección a la puerta.

Notó que algunas de las chicas habían salido de la sala privada en busca de compañía masculina y se habían mezclado con los clientes del hotel cerca del bar. Escapar, tenía que escapar.

–Perdonad, necesito... –«respirar».

El atuendo repiqueteó mientras evitaba chocarse con una amazona y con Cleopatra; después, pasó por delante de lo que parecía la versión de una espía rusa de los sesenta.

Lanzó un suspiro cuando un aire fresco la envolvió. Mucho más tranquilo ahí. La tenue luz confería una atmósfera de intimidad al pequeño y bonito pub de principios del siglo XX en Paddington, el elegante barrio de Sidney, justo al lado de la oficina donde trabajaba. Se acercó a la pared con las fotos, que tan bien conocía, de los dueños del pub en los primeros años de funcionamiento del establecimiento, y se llevó la copa de champán a los labios, la copa que tenía en las manos desde hacía más de una hora. Pero no vio las fotos, lo que veía era a su exnovio.

Todas las fiestas de despedida de soltera le hacían pensar lo mismo: debería estar casada y con niños. Su hermana Rosa, mucho más joven, iba a procrear antes que ella. Y todo gracias a Nick.

Sacudió la cabeza. No, no iba a pensar en Nick. Tampoco iba a pensar en cómo la había traicionado y se había ido con otra mujer después de que ella le diera tres años de su vida. Tres preciosos años en los que podía haberse quedado embarazada. Pero se alegraba de que Rosa hubiera encontrado el verdadero amor.

¿Y qué si había cumplido ya los treinta años el mes pasado y, como su padre decía, estaba destinada a convertirse en una solterona? Desde lo de Nick, no se había desviado del buen camino. Pero la pequeña bolsa de organdí debajo de la cinturilla de la falda le despertó un instinto primitivo...

¡Maldición!

El olor a comida italiana y de Oriente Medio impregnaron el aire, anunciando la proximidad de la hora de la cena. Deseó que fuera ya para poder disculparse y marcharse de allí.

Sheri-Lee había encontrado a su media naranja. La semana próxima, iba a casarse y a dejar el trabajo. Pero... ¿por qué, con frecuencia, el matrimonio implicaba el fin del trabajo remunerado, de la independencia económica?

Casi sintió compasión por Sheri–Lee. El amor parecía exigir siempre un sacrificio, por parte de la mujer. Aunque la verdad era que Sheri estaba radiante y feliz, deseando dejar el trabajo y formar un hogar.

Cuatro años antes, ella misma había estado a punto de caer en esa trampa, convencida de que Nick la amaba. Ahora, con el paso del tiempo, se daba cuenta de que lo que Nick había sentido por ella no había sido amor.

Así que... ¿despreocupadamente soltera?

De repente, sintió un cosquilleo en la espalda, un escalofrío. Alguien la estaba observando, podía sentirlo. Y también sentía que era cien por cien puro interés masculino.

Con movimientos contenidos, volvió la cabeza.

Entonces lo vio. Un metro ochenta y tantos con pantalones verdes tipo militar, camiseta negra y botas gastadas, y la estaba mirando. Bronceado, con barba incipiente y pelo negro. Ojos color topacio.

Era la causa del escalofrío y el motivo por el que el corazón parecía querer salírsele del pecho. También se le habían humedecido las palmas de las manos y su cuerpo sentía cosas que hacía mucho que no sentía.

Giró despacio, mirando al desconocido con disimulo. La camiseta se le ceñía al cuerpo y rodeaba los músculos de piel color oliva de los brazos. Parecía recién salido de una película de aventuras.

Fue entonces cuando le sorprendió mirándole el ombligo. Y cuando le vio desviar los ojos hacia los pliegues de la falda y a las piernas, sintió como si le hirviera la sangre.

Nunca había sufrido una reacción tan violenta al sentirse objeto de la atención de un hombre. No lo comprendía.

De repente, le vio avanzar hacia ella y estiró lo que pudo su uno sesenta y dos de estatura.

«Vamos, a por él», se dijo a sí misma en silencio.

«Despreocupadamente soltera hasta que conozcas al hombre de tu vida».

Cuando el desconocido se detuvo a su lado, ella ya había conseguido controlar los nervios. Casi. Hasta que levantó los ojos, hacia las alturas, y los clavó en los de él. A esa distancia, podía ver motas verdosas en los dorados iris y patas de gallo como consecuencia de pasar mucho tiempo al aire libre, de estar fatigado o ambas cosas. Olía a sudor, a excitación sexual y a testosterona.

–¿Puedo invitarte a algo? –le preguntó con una voz ronca y sensual en concordancia con el resto de su persona.

¿Algo? Podía invitarle a lo que fuera. A cualquier cosa. Cuando quisiera.

–Algo de beber –aclaró él. Y, con un gesto con la cabeza, señaló la copa que ella tenía en la mano–. Me parece que tienes la copa vacía.

Estaba hablando con ella en la realidad, no era un sueño.

–No, gracias. No me apetece beber nada... de momento.

Por el rabillo del ojo, vio a dos de sus amigas observándoles con interés; sin duda, sospechaban que ella iba a salir corriendo. Por lo tanto, se obligó a permanecer quieta.

Él bajó la mirada, clavándola en sus labios, ocultos bajo el velo.

–Parece como si acabaras de venir de la otra punta del mundo –el tono acusatorio de Kate le provocó una sonrisa, lo que le aceleró el pulso.

–La verdad es que acabo de llegar de Los Ángeles –respondió él mirándose el reloj–. Justo hace dos horas.

Bien, eso explicaba lo informal de su atuendo.

–¿Trabajo o placer?

–Las dos cosas –él ladeó la cabeza–. ¿Me equivoco al pensar que eres parte ese grupo de despedida de soltera?

–No, no te equivocas –confirmó Kate.

–Espero que no se trate de la tuya.

–No, no –el corazón le dio un vuelco.

A pesar del velo, pudo olfatear un leve aroma a loción de afeitado, algo que olía a especias y a dinero, en completo contraste con la descuidada apariencia de él.

–Es la mejor noticia que he tenido hoy –dijo él al tiempo que cerraba una mano sobre la de ella.

Kate sintió una corriente eléctrica subiéndole por el brazo. Se sostuvieron la mirada.

De repente, a sus espaldas, oyó unas carcajadas. ¿Sus amigas, divirtiéndose a su costa? Iba a darles una lección. Iba a demostrarles de lo que era capaz. Quizá aquella fuera su última oportunidad, la última oportunidad de demostrarle a todo el mundo, incluida a sí misma, que no aún no estaba en el ocaso de su vida.

Damon Gillespie se alegraba de haber adelantado tres días su llegada a Sidney. Había estado a punto de tomar una copa en el bar y echar un vistazo rápido a las instalaciones, motivo de su visita a Sidney, y luego irse a la cama antes entrar en negociaciones al día siguiente. Sin embargo, se había encontrado con una fiesta de disfraces de despedida de soltera...

Y la había visto.

Una chica... sola. Igual que él. Quizá por eso le había despertado algo más que apetito sexual. Pero... ¿qué?

Ignorando la inquietante sensación, apretó los dedos de ella, cerrados sobre la copa. Olió un perfume oriental mientras la miraba.

El trabajo podía esperar.

Debido a que tenía la mayor parte del rostro cubierto por el velo, sólo pudo adivinar una nariz recta, pómulos salientes y labios generosos.

Unos muy generosos pechos sobresalían de la parte de arriba del atuendo, tipo bikini. La falda, una amalgama de tiras de gasa en distintos tonos de azafrán y dorado, descansaba en las caderas, realzando la diminuta cintura y exhibiendo un vientre liso de piel dorada, eso sin mencionar un par de piernas perfectas. Lo que más le intrigaba era la piedra color rubí que le tapaba el ombligo. ¿Cómo demonios la mantenía ahí, sin que se le cayera? ¿Algún movimiento de los músculos de la pelvis que él desconocía?

Se puso tenso y sintió una subida de adrenalina, igual que cuando estaba a punto de saltar. Hacía mucho que no reaccionaba así con una mujer, había estado demasiado ocupado con el trabajo y los deportes de alto riesgo, no había tenido tiempo para las mujeres.

Pero tenía la intención de remediarlo. Esa misma noche.

Se llevó la mano de ella con la copa a los labios mirándola fijamente a los ojos; unos ojos muy pintados, de profunda mirada, lascivos. Ojos de española, pensó él, recordando otro par de ojos oscuros. Rechazando el recuerdo, bebió de la copa.

Ella había dejado su sabor en el cristal, un sabor dulce y atrevido. Pero el champán… dejaba mucho que desear.

–El champán debe tomarse muy frío –le quitó la copa de la mano, la dejó en la bandeja de un camarero que pasaba por ahí en ese momento y la cambió por una recién servida–. Toma.

Le rozó los dedos con los suyos al pasarle la copa.

–Gracias –respondió ella.

Damon le agarró la mano que tenía libre.

–Vamos, egipcia, busquemos un lugar más tranquilo.

Pasaron de largo el bar y se dirigieron a un rincón menos concurrido en el que había un enorme Philodendron en un macetero. Se quedó esperando a que ella se apartara el velo para beber. Sin embargo, ella deslizó la copa por debajo del velo, por lo que su rostro continuó tentándolo.

–¿Cómo te llamas? –preguntó Damon.

–Shakira.

Pronunció la palabra en tono gutural y seductor, avivando el fuego.

–Bueno, Shakira… –dio un paso hacia ella, deslizó la mano por debajo del velo y le agarró la barbilla. La oyó contener la respiración y sintió la cálida mano de ella agarrándole la muñeca.

–No.

Los oscuros ojos de Shakira brillaron, pero él la tranquilizó con una sonrisa y sacudió la cabeza.

–De acuerdo. Lo haremos a tu manera –«siempre y cuando lo hagamos»–. A menos que vayas a traicionar a un novio celoso que está por los alrededores.

–Yo no traiciono.

–Estupendo –estaba encantado de haberle oído decir eso–. Yo tampoco.

¿Cómo podía ser que una mujer tan atractiva no tuviera novio?

Le acarició la nuca con el rostro y la mordisqueó la oreja. Las diminutas campanillas del traje repiquetearon, el adornado sujetador le raspó el pecho.

Le pasó un dedo por el vientre desnudo y la sintió temblar. Y al mirarla a los ojos, vio en ellos el mismo deseo que él sentía.

Estaba tan excitado que, si no tenía cuidado, iba a eyacular delante de ella. Quería ese vientre pegado al suyo. Desnudos. Quería sentir los espasmos de ella, envolviéndole. Y tenía que ser ya.

Dio un paso atrás y le agarró la mano.

–Vámonos de aquí.

***

Kate oyó unos murmullos a sus espaldas, pero se sentía demasiado débil, demasiado inestable e incapaz de resistirse a ese hombre.

Tuvo que hacer un esfuerzo por seguirle el paso mientras salían del bar y subían una estrecha escalera. Nunca le había atraído un hombre tanto a primera vista.

Él se detuvo delante de una puerta, se sacó una llave del bolsillo y la introdujo en la cerradura. La puerta se abrió y, en la oscuridad de la estancia, le oyó echar el cerrojo.

–¿Dónde estábamos? –murmuró él.

Sus ojos se hicieron a la oscuridad lo suficiente para vislumbrar la angostura de sus hombros.

–Más o menos aquí –respondió Kate, y le puso las manos en el pecho.

No, no era Kate, sino Shakira. Kate jamás habría tenido el atrevimiento de ponerle las manos en el pecho y acariciárselo. Hacía mucho que no sentía el cuerpo de un hombre tan cerca.

La luz de la calle iluminaba débilmente la habitación con un brillo dorado cuando él fue a agarrarle el velo. Pero estaba lo suficientemente oscuro para mantener la integridad de su disfraz a pesar de verse despojada del velo de repente.

Él guardó silencio momentáneamente al tiempo que le acariciaba el rostro, la nariz, las cejas. Los labios.

–Eres preciosa –dijo él, estrechándola contra su cuerpo–. A pesar de la oscuridad, resultas una mujer irresistible.

El tono reverente de las palabras de ese hombre la excitó aún más. Al sentir en el vientre la dureza de su miembro y los latidos de su corazón en las palmas de las manos, el cuerpo le palpitó.

Unas fuertes manos la agarraron por los brazos y los labios de él sellaron los suyos. Oyó gemidos, ¿de él o suyos? Los labios de ese hombre estaban secos, eran firmes y con muchas experiencia.

Ella abrió la boca y, al instante, sintió la invasión de la lengua de él, prometiéndole exquisitos placeres. Le gusta su sabor: a café y a menta.

Retirando las manos de los brazos de ella, las colocó sobre sus pechos y se llenó las manos de campanillas.

Kate le oyó tomar aire, frustrado. Y casi se echó a reír.

Pero no parecía dispuesto a que nada le detuviera y, al instante, sintió sus manos por debajo del sujetador, agarrándole los pezones.

Kate gimió mientras una oleada de placer le recorría el cuerpo, y se echó hacia delante para facilitarle la tarea, gesto del que él se aprovechó al instante. De repente, sus pechos estaban en las manos de él.

Kate alzó la mirada y vio unos destellos en sus ojos antes de que se apoderara otra vez de su boca. Entonces, la empujó hacia atrás, hasta pegarla a la pared con su duro cuerpo.

–Aaaaa.

–¿Estás bien? –preguntó él, presionando menos.

–Ssssí.

Kate lanzó un gemido cuando él la levantó en sus brazos, como si no pesara nada, apretándola contra la pared. Y las sandalias se le salieron de los pies.

–Rodéame la cintura con las piernas.

Le retiró los velos de la falda y le apartó la fina tira de tejido que le cubría el sexo con dedos ásperos, haciéndola jadear.

Le oyó bajarse la cremallera de los pantalones y sintió el duro miembro rozarle el sexo. Entonces, él pareció indeciso unos instantes.

–¿Estás segura?

Kate se sentía atrapada, indefensa, prisionera.

Nunca se había sentido tan viva, tan libre, tan dispuesta a disfrutar el momento.

–Sí.

–Espera… Necesitamos… –él se llevó la mano al bolsillo.

–Ah, no te preocupes –Kate agarró la bolsita de organdí que tenía escondida en la cinturilla de la falda–. Tengo… esto –y le dio el condón.

–Muy ingeniosa –murmuró él, mirándola con intensidad. Y, al momento, se puso el condón.

Kate estuvo a punto de decirle que, normalmente, no iba por ahí con condones en el bolsillo; pero supuso que una mujer de mundo como Shakira sí los llevaría. No quería dar explicaciones sobre sí misma, era una noche loca, nada más.

Entonces, la penetró y Kate lanzó un grito de satisfacción.

La montó con una fuerza y una intensidad que la dejaron sin respiración. Se agarró a los hombros de él, hincando los dedos. El mundo se desvaneció a su alrededor, sólo él existía.

Alcanzó el clímax justo en el momento en que le sintió estremecer dentro de ella, espasmódicamente, derramándose.

Continuó sujetándola hasta que ambos recuperaron la respiración; entonces, estiró las piernas y bajó los pies al suelo.

De repente, sonó un teléfono móvil.

–Perdona, tengo que responder la llamada –murmuró él con desgana mientras sacaba un móvil del bolsillo. Se llevó el teléfono al oído mientras le acariciaba un pecho–. ¿Sí?

Kate le observó y, poco a poco, vio que su expresión se tornaba remota, dura.

–Entonces, ¿dónde demonios está? –dijo él al teléfono.

Entonces, apartando la mano de su pecho bruscamente, la miró y le dijo:

–No te muevas de aquí, enseguida vuelvo.

Tras esas palabras, cruzó la estancia y abrió la puerta del cuarto de baño.

–Está bien, ponte en contacto con Dark Vertigo –continuó diciendo–. No, olvídalo, lo haré yo mismo...

La luz se encendió y Kate parpadeó antes de que él cerrara la puerta.

En un abrir y cerrar de ojos, la situación había cambiado por completo. El sentido común se vengó de ella a conciencia. Apoyándose en la pared, volvió a cubrirse el rostro con el velo, y se puso el sujetador y las sandalias.

¿Qué era lo que había pasado?

¿Qué demonios había hecho? ¿Y con un hombre al que había conocido hacía veinte minutos?

Ni siquiera sabía cómo se llamaba.

Cerró los ojos. Ese hombre parecía haberla despojado del instinto de supervivencia y de la razón. Un hombre al que nunca volvería a ver, se dijo a sí misma.

«Échale la culpa de lo que ha pasado a Shakira».

En ese momento, lo que tenía que hacer era salir de allí a toda prisa e irse a casa.

En cuestión de minutos, se encontró en la calle. Le envió un mensaje a Sheri-Lee, disculpándose por haberse tenido que marchar debido a tener que atender un asunto inesperado, y se dirigió rápidamente al coche. En los treinta años de su vida, nunca había hecho nada tan irresponsable. Hasta ese momento, antes de acostarse con un hombre, se había tomado la molestia de conocerlo bien.

Y, sin embargo, con una sola mirada, ese hombre había transformado totalmente su comportamiento. Una extraña sensación le erizó la piel. Era como si no sólo le hubiera entregado su cuerpo, sino también su alma.

Capítulo Dos

Damon lanzó una maldición al descubrir vacía la habitación y desaparecida la encantadora criatura con la que había estado.

Podía bajar a buscarla, pero dudaba encontrarla. Además, él jamás anteponía una mujer al trabajo y no iba a empezar a hacerlo ahora.

Sacó una cerveza de la nevera que había en la habitación y la abrió. Se acercó a la ventana y lanzó una mirada al negocio que había ido a examinar y por lo que había tenido que cruzar el Pacífico. La fachada de la agencia de viajes que había heredado de su tío dejaba mucho que desear. Sacudió la cabeza. Ése era el motivo por el que había adelantado el viaje, para echar un vistazo al negocio antes de lo previsto.

Sin embargo, en vez de hacer justo eso, se había permitido que un par de ojos oscuros le distrajeran.

Bonita. Su mente conjuró la imagen de aquella mujer de ojos españoles, como los de su padre, y belleza egipcia, heredada de su madre. ¿Era de extrañar que le hubieran atraído esos mismos atributos aquella noche? Echó un trago, pero el líquido le supo amargo. Había visto morir a la mujer que amaba cuando ella apenas contaba veinticuatro años.

Y había aprendido que la única forma de soportar la pérdida de un ser querido era cerrar su corazón a aquellos que tenía cerca de sí. Plantó la mano en el dintel de la ventana, dejó la cerveza y se dirigió al cuarto de baño a darse una ducha. Tenía que relajar los músculos y deshacerse del aroma de esa mujer. No se arrepentía de lo que había ocurrido, pero tampoco quería pensar en ello. Estaba en Sidney para arreglar el asunto concerniente a su tío; cuando lo hiciera, se marcharía de allí.

Debido a un resfriado que había agarrado el domingo, Kate llegó con retraso al trabajo el lunes por la mañana. Mal asunto, teniendo en cuenta que el sobrino de Bryce iba a ir al día siguiente, procedente de Dios sabía dónde.

En vez de haber pasado el domingo en la oficina preparándolo todo para que el sobrino de Bryce no pudiera protestar por nada, había estado durmiendo el día entero. O intentándolo. A pesar de haber desconectado el móvil y también el teléfono de casa, el recuerdo de otro hombre le había impedido pegar ojo.

Kate Fielding se había acostado con un desconocido.

Sólo de pensarlo, tembló.

Haciendo un gran esfuerzo, rechazó las imágenes que accedieron a su mente. Mejor concentrarse en sus problemas más inmediatos. Al día siguiente, por la mañana, iba a enfrentarse a un hombre que le desagradaba profundamente, a juzgar por lo que había oído de él, y no iba a darle motivo de quejas.

La súbita muerte de su jefe, con sólo cuarenta y tres años de edad, tres semanas antes, hacía que el futuro de la agencia de viajes fuera incierto. Ella llevaba allí trabajando siete duros años y, por fin, había logrado un puesto de mánager. Ahora, tenía que volver a demostrar su capacidad profesional a un tipo que, casi con toda seguridad, no debía saber nada del mundo de las agencias de viajes; y que, desde luego, no sabía nada de Aussie Essential.

Aparcó el coche en su espacio reservado en el aparcamiento de la agencia de viajes y miró el reloj. Maldición. Agarró el bolso, se limpió la nariz, y cruzó el aparcamiento. Sólo diez minutos de retraso.

Sus zapatos sin tacón sonaron en el asfalto. Mirándose en la luna de la puerta justo al entrar, se tiró de la chaqueta de corte de sastre azul marino y se colocó el cuello. Y, como tenía por costumbre, se pasó una mano por el largo cabello recogido en un moño en la nuca.

–Hola, Deb –sonrió a la última persona que la empresa había contratado y también la única sentada en su escritorio–. ¿Dónde está todo el mundo?

–Hola, Kate. Mmm… –Deb desvió la mirada hacia el amplio despacho, a espaldas de donde se encontraban, que utilizaban como sala para los empleados.

Kate, mientras dejaba el bolso debajo de su escritorio, tuvo un desagradable presentimiento.

–¿No me digas que ya ha venido?

–Ha dicho que había tratado de ponerse en contacto contigo.

–¡Oh, no! –se quejó ella–. Ayer pasé el día durmiendo. Y hoy, como llegaba tarde, he olvidado ver si tenía mensajes.

En ese momento, la nariz le picó y apenas tuvo tiempo de agarrar un pañuelo y contener el estallido. Las pastillas para el resfriado que había tomado hacía un rato no habían logrado disipar el dolor de cabeza ni el malestar general.

–Iba a venir mañana –dijo Kate después de limpiarse la nariz.

–Lo sé –Deb se encogió de hombros–. Ha reunido a todo el mundo. Menos a mí, porque alguien tenía que atender las llamadas.

Kate tiró el pañuelo a la papelera y agarró otro puñado de pañuelos.

–¿Qué? ¿Que ese tipo ha reunido a los empleados?

Ese tipo, por supuesto, era el sobrino que Bryce sólo había mencionado un par de veces, que ella pudiera recordar. Un trotamundos y un aventurero que no se había molestado en ir al funeral, pero que ahora estaba ahí para reclamar su herencia.

Deb asintió.

–Y parece tenerlo todo bajo control.

Ese hombre no tenía derecho a tener nada bajo control. Era ella quien siempre había estado al frente de Aussie Essential Travel cuando Bryce había tenido que ausentarse, y Bryce le había prometido permitirle dirigir la agencia a partir del mes siguiente. Aunque eso, ahora, debía ser irrelevante. No obstante, se las había arreglado muy bien durante las tres últimas semanas. ¿Qué iba a saber el sobrino de Bryce de ese negocio?

–¿Te pasa algo, Kate?

Kate sacudió la cabeza y parpadeó. Después, forzó una sonrisa.

–Bueno, será mejor que entre ahí.

«Cálmate», se ordenó a sí misma. «Demuestra que eres una profesional. Demuéstrale que eres capaz de dirigir la agencia».

Kate agarró un cuaderno y un bolígrafo, y se dirigió hacia la sala en la que estaban reunidos. Abrió la puerta sigilosamente y entró. Los empleados miraban a un hombre con traje oscuro sentado a la cabeza de la mesa. La voz de él era profunda y melódica. Y perentoria.

Kate se puso tensa, lista para defender su posición de autoridad.

Él estaba de perfil, pero se volvió y dejó de hablar en el momento en que la vio, y ella se vio víctima del impacto de aquella mirada. Unos ojos color topacio la dejaron clavada al suelo.

¡No! ¿El hombre con el que se había acostado el sábado por la noche era el sobrino de Bryce? ¿El hombre que detestaba por la mala fama que tenía? Sintió como si se le comprimiera el pecho, y no era a causa del resfriado.

No, no podía ser. Ese hombre afeitado, con un traje de corte exquisito y corbata de seda no podía ser el tarzán que la había besado hasta quitarle el sentido y le había hecho el amor contra la pared... Y, en ese momento, sintió un intenso calor subirle por el cuerpo mientras el resto de los empleados se volvía para mirarla.

«No pierdas la compostura», se dijo a sí misma.

Kate respiró hondo y asintió a modo de saludo. Lo que tenía que hacer era sentarse en la silla más cercana, acaparar la menor atención posible y tratar de recuperar el control de sí misma.

Se dirigió a la única silla vacía que, por desgracia, estaba justo al lado de la que ocupaba Damon Gillespie, a su derecha. No tenía importancia, Damon Gillespie no la reconocería.

Para colmo de males, él esperó a que se sentara para seguir hablando, lo que la hizo el centro de atención.

–Perdonen la interrupción... –se disculpó ella en apenas un susurro. Pero, al instante, se maldijo a sí misma por pedirle disculpas a un hombre que representaba todo lo que ella despreciaba. Era él quien debería disculparse.

–Buenos días, señorita...

Kate alcanzó la silla, se sentó y, con dedos temblorosos, dejó el papel y el bolígrafo encima de la mesa. Y volvió a oler aquella loción de afeitado...

Se agarró las manos y evitó mirarle a los ojos al responder:

–Kate Fielding.

–Ah. Kate –él asintió–. Damon Gillespie. Ayer no pude ponerme en contacto contigo. ¿Una noche de sábado ajetreada?

El tono de voz sugería que sabía lo del sábado. ¿O eran imaginaciones suyas?

Por suerte, Damon Gillespie no esperó respuesta y continuó hablando; entonces, les informó que, durante los próximos dos días, iba a entrevistar a cada uno de los empleados por separado. Kate se puso a tomar notas de la reunión; más que nada, por mantenerse ocupada. Pero le temblaban tanto las manos que, al final, tuvo que dejarlo.

Damon Gillespie se tiró de los puños de la camisa blanca y plantó las manos encima de la mesa. Unos dedos fuertes, grandes y de uñas cortas. Kate trató de apartar la mirada, pero no lo consiguió. El recuerdo le asaltó. Esos dedos acariciándola, encontrando los puntos erógenos...

El pulso se le aceleró y se mordió el labio inferior. ¿Por qué le traicionaba el cuerpo de esa manera?

Salió de su estupor al oír su nombre. Accidentalmente, tiró el bolígrafo al suelo y se dio cuenta de que él la estaba observando, a la espera de una respuesta.

–Yo... perdona, ¿puedes repetir lo que has dicho?

No sabía si él la había reconocido; quizá no, debido al disfraz. Aunque había que contar con el pequeño lunar debajo del ojo izquierdo y con el hecho de que el velo era bastante transparente.

Damon recogió el bolígrafo del suelo y no pudo evitar fijarse en los bonitos tobillos de ella antes de dejarlo encima del cuaderno de notas. La oscura mirada de Kate chocó con la suya momentáneamente antes de darle las gracias.

–He preguntado si hay alguien a quien tengo que darle las gracias personalmente por haberse encargado del funeral. Como supongo que sabes, Bryce y yo no teníamos más familia.

–Sí, lo sabía –los ojos de ella parecieron mostrar compasión unos instantes.

«No necesito la compasión de nadie», le aseguró él con una silenciosa y firme mirada.

Entonces, Kate apartó los ojos de él, como arrepentida del pequeño lapsus. Después, la vio enderezar el cuerpo antes de hacer una anotación en el cuaderno. A continuación, con voz gélida, la oyó decir:

–Tengo todos los detalles en casa. Y también la lista de las personas que asistieron al funeral.

Kate había enfatizado las últimas palabras, como reprochándole no haber estado presente en el funeral. Y él no se molestó en explicarle que se había enterado de la muerte de Bryce hacía solo unos días.

–Gracias, Kate. Te llamaré por teléfono más tarde –Damon le dedicó una sonrisa, pero Kate se negó a mirarle.

Damon volvió el rostro, miró a todos los presentes y, sonriendo, dijo:

–Gracias a todos. Creo que, de momento, no tengo nada más que decir. En cuanto a Aussie Essential Travel, no tenéis por qué preocuparos. Estoy seguro de que, entre todos, salvaremos los obstáculos.

Los empleados se marcharon de la sala. Kate fue a ponerse en pie, pero él le puso una mano en la suya, reteniéndola.

–Quédate un momento, Kate –Damon no apartó la mano, le gustaba la sensación de los suaves dedos de ella bajo los suyos, a pesar de estar cerrados en un puño.

Damon se recostó en el respaldo del asiento. Kate le miró con expresión seria. Esa Kate conservadora con el pelo negro recogido en un tirante moño y esos extraordinarios pechos ocultos bajo la chaqueta del traje azul marino no era una seductora oriental. Incluso el sencillo nombre, Kate, conjuraba una imagen completamente diferente que Shakira. ¿Doble personalidad?

¿Una doble vida quizás?, se preguntó mientras la observaba.

–Me han dicho que Bryce y tú eráis amigos.

–Sí –Kate se miró la mano, bajo la de él; entonces, la apartó rápidamente y la dejó en su regazo, al lado de la otra. Levantó la cabeza y sus ojos lanzaron destellos gélidos–. Era un jefe generoso que se preocupaba pro sus empleados. Un auténtico caballero.

En fin, el último comentario le excluía a él, a juzgar por la expresión de ella. Desde luego, no se había portado como un auténtico caballero el sábado por la noche.

No obstante, Kate había disfrutado en todo momento. Y él no pudo evitar sonreír.

–¿Qué te hace tanta gracia? –preguntó Kate en

tono de reproche–. Deja que lo adivine. Acaban de regalarte un negocio, ¿es eso?

Aún sonriendo, Damon pensó que, enfadada, era magnífica.

También estaba completamente equivocada. Él no quería un negocio que se estaba hundiendo, ya tenía suficientes problemas.

–Ha fallecido hace sólo unas semanas –añadió Kate en un ronco susurro–. ¿Es que no respetas nada?

Los músculos del rostro de Damon se tensaron.

–El respeto no tiene nada que ver con esto, Kate. La vida continúa.

Kate parpadeó y luego estornudó. Agarró una caja de pañuelos que había encima de la mesa.

–Es evidente que no sentías gran cosa por Bryce –dijo ella, limpiándose la nariz.

–Vivíamos en la misma casa cuando yo era pequeño. Bryce era nueve años mayor que yo. Era como un hermano para mí.

–¿Y cuánto hace de eso?

Años.

–En estos momentos, vivo en Estados Unidos, pero estábamos en contacto por Internet y teléfono –por lo general, cuando Bryce necesitaba dinero.

Kate debía haberlo pasado mal las dos últimas semanas, pensó él. Además, no parecía encontrarse muy bien.

–Estás enferma. Vete a casa y tómate el resto del día libre –sugirió él con voz queda–. Te llamaré luego.

Kate se lo quedó mirando como si tuviera dos cabezas.

–¿Quién eres tú para decirme que me tome el resto del día libre? No he faltado al trabajo ni un sólo día en tres años. Soy la más antigua de los empleados, no puedo eludir mis responsabilidades. Puede que se me necesite.

Damon asintió. Admiraba su entrega. La mayoría de los empleados aprovecharían la ocasión y saldrían corriendo a meterse en la cama.

–Está bien. Pero si cambias de parecer, nadie te lo va a reprochar.

Kate se puso en pie con la caja de pañuelos y el cuaderno en las manos.

–Me lo reprocharía yo.

–Vamos, no seas tan dura contigo misma –le aconsejó Damon al tiempo que, quitándole el cuaderno, le anotaba su número de teléfono móvil–. De momento, me hospedo en casa de Bryce, por si me necesitas para cualquier cosa.

–Estoy segura de que no será necesario –respondió ella con voz gélida–. Puedo arreglármelas sola.

Damon la miró a los ojos.

–No tengo ninguna duda al respecto. Pero... por si a caso.

Damon la vio partir. Después, echó un vistazo para ver si tenía algún mensaje, hizo un par de llamadas y salió por la puerta posterior. Entonces, abrió su BMW y se sentó, sin moverse, unos momentos.

–¿En qué lío me has metido, Bry? –dijo en voz alta, mirando las oscuras nubes. Hacía dos años, había inyectado una considerable cantidad de dinero en el negocio de Bry. Según su tío, un préstamo de seis cifras. ¿Dónde había ido a parar ese dinero?

El día anterior, después de que el portero del edificio donde vivía Bryce le diera las llaves, había ido a la oficina a echar un vistazo a la contabilidad. Se arrepintió de haberlo hecho. Pero si cerraba el negocio, seis empleados se irían a la calle, y eso no le gustaba nada. Al fin y al cabo, su especialidad era salvar negocios.

La cuestión era si quería emplear tiempo y energía, además de invertir dinero, en una agencia de viajes en Sidney.

Se había criado en aquella ciudad. Había pasado la mayor parte de la adolescencia con su abuela. A la tierna edad de cinco años, le habían dicho que él había sido un accidente, y no le habían permitido olvidarlo… Hasta que su abuela se puso firme y se lo llevó a vivir con ella y con su hijo, el hermano menor del padre de él, mientras sus padres perseguían tornados por Estados Unidos.

La última vez que había visto a sus padres fue en el funeral de su abuela hacía diez años. Ahora, no tenía idea de dónde estaban y no le importaba en absoluto.

Un escalofrío le recorrió el cuerpo.

–Habría venido de haberlo sabido, Bry.

Pero cada uno había llevado su propia vida. En cuanto a él, cuando no estaba ocupado con su empresa de Internet, lo estaba con sus saltos BASE, su obsesión.

Y ahora había heredado un negocio que no quería, pero se sentía obligado a sacarlo a flote. Y también se sentía atraído hacia una mujer que parecía despreciarle, a pesar de la pasión que había mostrado la noche del sábado.

Pero la hostilidad de Kate hacia él tenía que ver con el negocio. Debía sentirse despojada de autoridad, y le culpaba a él de ello. No obstante, si Kate era la empleada de más antigüedad, él necesitaba su apoyo para darle la vuelta al negocio. Tenía que congraciarse con Kate.

Quizá debiera invitarla. ¿Le gustaría la pizza?

Capítulo Tres

Con la esperanza de comer algo, Kate estaba a punto de meter en el microondas la sopa de pollo que le había sobrado del día anterior cuando sonó el teléfono.

–Kate.

–Sí… –no pudo decir nada más porque el corazón le dio un vuelco al oír la voz de Damon.

Era como si él estuviera ahí, murmurándole al oído. Casi podía sentir su aliento acariciándole la piel. ¿Qué quería?, se preguntó distraídamente. Ah, sí, le había dicho que iba a llamarla en relación con la lista de asistentes al funeral.

–¿Qué tal el resfriado?

–Mejor –sí, era verdad, se sentía mucho mejor después de unas pastillas y de haber dormido un par de horas. Lanzó una mirada al reloj y dijo en tono acusatorio–: son las ocho y media, Damon. La jornada laboral ha terminado hace mucho.

–Lo sé, pensaba llamarte más temprano. Espero que tengas hambre.

¿Le estaba invitando a salir a cenar? Clavó los ojos en los pantalones de chándal, en la camiseta naranja que utilizaba para dormir y en las zapatillas color rosa.

–No, no tengo hambre. Supongo que llamas por lo de la lista. Mañana la llevaré al…

–Tienes que cenar, Kate. ¿Has almorzado hoy?

–No. Yo… –le interrumpieron unos golpes en la puerta y lanzó un suspiro de alivio, alegrándose por la interrupción–. Perdona, pero tengo que colgar, están llamando a la puerta. Te llamaré dentro de un rato.

Llamaría más tarde, después de cenar y así no tendría que mentir. Eso, si llamaba.

Colgó el teléfono, cruzó el cuarto de estar y abrió la puerta.

–Oh…

Damon Gillespie, con el móvil aún pegado a la oreja. Llevaba pantalones caqui de algodón y camiseta blanca, y en las manos sostenía una caja de pizza.

Damon desconectó el teléfono, se lo metió en el bolsillo y, sin quitarle los ojos de encima, dijo:

–Hola.

La miró de arriba abajo, clavándole los ojos en los pechos, sueltos, sin sujetador.

–No esperaba visita –murmuró ella.

–Hace un momento, no daba la impresión de que abrir la puerta fuera un problema para ti.

–Creía que era mi hermana –pero sabía que Damon no se había dejado engañar.

Kate no quería tomar una pizza con él, no quería que ese hombre estuviera en su casa. Sin embargo, ¿cómo evitarlo? Se dio media vuelta y se encaminó a la cocina.

–Entra. Pero te lo advierto, no comería pizza aunque mi vida dependiera de ello.

–Eso es porque no has probado la pizza de lujo de Dominic Amigo, ¿a que no?

Kate arqueó las cejas.

–¿Y tú? Creía que acababas de llegar a esta ciudad.

–Me la ha recomendado Sandy, cuando llamé a la oficina al mediodía para pedir tu número de teléfono y tu dirección; al final, acabamos hablando de restaurantes. Tú estabas ocupada con un cliente.

–Tomaré nota para que no se me olvide darle las gracias –murmuró Kate después de sacar unos platos de un armario y mientras buscaba una espátula.

Hizo un esfuerzo por ignorar el aroma de la pizza, pero olía de maravilla.

–Así que no tienes hambre, ¿eh? –Damon dejó la caja en la pequeña mesa con superficie de cristal, sacó una silla y sonrió traviesamente.

Desde el sábado no veía esa sonrisa. Una sonrisa irresistible.

Apartó los ojos de él y los clavó en una bolsa de plástico que Damon había llevado allí junto con la pizza.

–¿Qué hay en la bolsa?

–Jengibre y un par de frascos de aceites esenciales, uno de menta y otro de árbol del té. La abuela siempre nos curaba los resfriados a Bry y a mí con esto. He escrito en un papel las instrucciones, el papel está también en la bolsa.

¿Se había tomado la molestia de llevarle un remedio casero? Algo cálido la invadió. ¿Le había juzgado mal? No sabía qué decir.

–Es muy amable de tu parte. Gracias.

–De nada.

Kate sacó los frascos, el jengibre y la nota de la bolsa.

–¿Sigues utilizando este remedio tú también?

–Nunca me resfrío. De hecho, estoy asquerosamente sano.

Y ella no lo ponía en duda. Volvió el rostro, apartándolo de la más que sana virilidad de ese hombre, y metió la cabeza en la nevera, tanto para refrescarse como para buscar algo que ofrecerle de beber.

–Ah, dos platos –declaró él–. ¿Significa eso que has decidido comer pizza tú también?

–Si tiene aceitunas, supongo que podría comer algo.

–Tiene queso mozzarella, pollo, chile, champiñón, cebolla, cilantro y salsa saté. Pero no tiene aceitunas.

–Pollo en salsa saté. Nunca he comido una pizza con pollo en salsa saté.

–Te va a encantar, ya lo verás.

Kate sacó de la nevera una botella y la alzó.

–¿Te conformas con agua mineral con gas?

–Perfecto.

–De acuerdo. Hablaremos mientras cenamos –de esa forma, matarían dos pájaros de un tiro y pronto conseguiría que ese hombre se marchara de su casa.

Sacó dos vasos, los llenó de agua, y se sentó en la otra silla.

–Claro que vamos a hablar, pero no de trabajo –Damon abrió la caja y olfateó con placer. Sirvió un trozo de pizza en uno de los platos, y se lo pasó a ella–. Y ahora, come.

Kate así lo hizo y, con sorpresa, descubrió que estaba realmente hambrienta. La comida también mejoró su estado de ánimo.

–Supongo que todo esto ha sido una sorpresa para ti –comentó ella un momento después.

Le pareció ver un brillo de pesar en los ojos de él, pero fue algo momentáneo.

–Cuesta creer que un tipo de cuarenta y tres años, en apariencia sano, muera de repente –Damon volvió su atención a la pizza y se sirvió un trozo–. Es un golpe duro perder al único familiar que uno tiene.

Kate no quería pensar en perder a ningún miembro de su familia. La familia era lo más importante para ella.

–¿Y tus padres?

A Damon le cambió la expresión. Su mirada se endureció.

–No tengo ni idea de dónde están. Hace años que no sé nada de ellos. La abuela me crio, junto con Bryce. No creo que mi padre se haya enterado de que su hermano ha muerto porque yo no sé dónde está y, por lo tanto, no he podido ponerme en contacto con él.

La amargura de sus palabras la dejó perpleja.

–Lo sien…

–No, no digas eso –Damon alzó una mano y sacudió la cabeza. ¿Qué demonios estaba haciendo, por qué dejaba que Kate Fielding vislumbrara su vulnerabilidad? Hacía años que había conquistado su rencor y había dejado de compadecerse a sí mismo. Lo había enterrado todo bajo una montaña de trabajo y distracciones.

De nuevo, centró la atención en la comida. La pizza estaba picante, era suculenta, una auténtica delicia. Nunca había comido una pizza tan buena.

–Esto está muy bueno, ¿verdad? Hazme un favor –dijo Damon–. Métete un trozo de pizza en la boca, mastícalo despacio y concéntrate –cualquier cosa por distraerla.

Kate titubeó; después, se llevó la pizza a los labios. Él la observó morder y saborear durante unos momentos, con los ojos medio cerrados. Sintió calor en la entrepierna. Después, la vio lamerse los labios, dejando una pátina de aceite en ellos.

–Está muy buena –declaró Kate.

La excitación aumentó. Aquella noche, Kate tenía otro aspecto. Parecía más accesible que la empleada con la que había tratado por la mañana; sin embargo, perversamente, la tiesa empleada le había excitado también. No había podido dejar de imaginarla tumbada en la mesa de despacho, con la blusa desabrochada y el sujetador… El calor empezaba a sofocarle.

Y luego estaba Shakira, escondida detrás de un velo, misteriosa, sensual. Y esa intrigante piedra en el ombligo. No pudo evitar preguntarse si aún la llevaba.

Y ahora, Kate con aspecto informal. Muy informal. Pero no menos interesante. Para empezar, llevaba el pelo suelto y la suave melena negra le caía por los hombros. Y esa camiseta de dormir en la que se leía que un diamante era el mejor amigo de una chica.

–¿Crees eso que pone en tu camiseta? –Damon le indicó la parte delantera de la camiseta.

Kate dejó de morder un trozo de pizza mientras él clavaba los ojos en dos pequeños botones erguidos bajo la camiseta.

–¿Qué?

–¿Prefieres el dinero al amor?

Kate frunció el ceño, bajó la mirada y, por fin, comprendió la pregunta.

–Es sólo una camiseta, lo que dice no importa –pero su mirada era retadora–. Cuando conozca a un hombre que valga más que un diamante, si es que llego a conocerlo, te lo diré. Mejor... no, no te lo diré porque no estarás por aquí. ¿Dónde has dicho que vivías?

–Vivo donde sea que esté trabajando –o dedicándose a otras actividades.

–¿Y a qué te dedicas exactamente?

Damon encogió los hombros evasivamente.

–A lo que se me presenta.

Consciente de y, a la vez, satisfecho de la expresión de censura de Kate, alzó el vaso y bebió. No quería quedarse en Sidney mucho tiempo y tampoco quería explicar por qué.

Su lema era: «Ten éxito en lo que haces, diviértete, y cambia. No sientas apego por nadie ni por ningún lugar». Motivo por el que su negocio de Internet era perfecto para su estilo de vida. Dejó el vaso y continuó comiendo, sin hablar.

–No obstante, vas a hacerte cargo de una agencia de viajes –Kate apretó los labios y agarró otro trozo de pizza.

Maldición. Quería volver a saborear la boca de ella. Quería poseerla otra vez, incluso vestida con pantalones de chándal y camiseta de dormir. O sin nada.

Kate parecía la clase de mujer a quien le gustaban las responsabilidades: centrada, profesional, una mujer dedicada a su trabajo. ¿Podía ser que, al igual que a él, solo le interesara tener relaciones pasajeras? Al fin y al cabo, ¿cuántas mujeres llevaban condones en la cinturilla de la falda?

–¿Te gusta cocinar? –Damon quería distraerla, congraciarse con ella.

–Depende. Me gusta cocinar de vez en cuando, cuando tengo invitados. Lo que no me gusta es cocinar todos los días.

–¿Cocinaste alguna vez para Bryce? –preguntó Damon–. Nunca he conocido a nadie a quien le gustara tan poco probar comida diferente–. Siempre comía lo mismo, carne y tres tipos de verdura. Al menos, eso era lo que hacía en el pasado.

–Sí, es verdad –Kate sonrió; después, se limpió la boca con la servilleta y apartó el plato.

Estaba más simpática. Él se recostó en el respaldo del asiento y también sonrió.

–Dime, ¿viajas por motivos de trabajo?

–Voy al extranjero una vez al año y, de vez en cuando, viajo por el país para familiarizarme con los tours. Bryce me había prometido más… aventura este año.

–¿Aventura en el sentido de excursiones por las montañas de Nepal? –se metió el último trozo de pizza en la boca y agarró una servilleta.

–No, nada de eso –Kate lanzó una carcajada–. Ese tipo de aventuras no es lo mío. Yo soy más bien de hotel de cinco estrellas.

–¿Un viaje al extranjero para examinar los clubs nocturnos?

–Los clubs nocturnos tampoco son mi estilo –Kate agarró los platos–. Soy más bien familiar. Paso las noches sola o con mi hermana.

–Así que, a veces, te permites el lujo de soltarte el pelo, ¿eh?

El pánico se vio reflejado en los ojos de Kate.

–Naturalmente. ¿No es lo que hace todo el mundo? –respondió ella; de nuevo, con voz gélida.

Entonces, se levantó de la silla, llevó los platos a la pila y tiró la caja de cartón de la pizza a la basura.

–Bueno, ya hemos cenado –Kate le miró significativamente–. ¿Te parece que empecemos?

La pregunta conjuró mil imágenes en su mente. Para empezar, se imaginó levantándole la camiseta para ver si la piedra estaba donde había estado el sábado. Después, le acarició el cabello, le cubrió los labios con los suyos…

–Aquí está el libro con la lista de asistentes al funeral –la brusquedad con la que le habló interrumpió sus pensamientos–. Puede que quieras agradecerles personalmente haber asistido al entierro. La mayoría era gente relacionada con el trabajo.

–Has dicho que Bryce y tú erais amigos, ¿verdad? –tenía que preguntárselo–. ¿Qué clase de amigos?

–Amigos –respondió ella mirándole a los ojos–. Solíamos salir los viernes por la noche, hablábamos de trabajo, pero en algún sitio agradable. Nuestra relación era exclusivamente profesional.

Damon asintió, aliviado.

–Deja que lo adivine. Siempre quedabais en el mismo sitio y a la misma hora, ¿verdad?

Kate rio.

–Sí.

Damon asintió. Sí, así había sido Bryce toda la vida, un animal de costumbres.

Cuando acabaron, había transcurrido más de una hora. Kate no había podido ignorar la mirada ámbar de Damon fija en ella todo el tiempo. Lo que la hizo preguntarse si no la habría reconocido. Pero no podía preguntárselo.

Sin mirarle, recogió los papeles.

–Bueno, ya está.

–Gracias.

Damon extendió el brazo sobre la mesa y le puso una mano en la suya. Sintió una corriente eléctrica subirle por el brazo; pero antes de poder apartar la mano, él le estaba acariciando la muñeca.

Kate hizo un esfuerzo y le miró a los ojos.

–Espero que te haya servido de ayuda. Me refiero a la información.

–Sé a qué te has referido –Damon sonrió, aún sujetándole la mano.

Ella no se movió. Y cuando Damon la miró fijamente a los ojos, creyó que iba a hablarle del sábado. Sin embargo, Damon la soltó.

–Bueno, será mejor que me vaya y deje que te acuestes –dijo Damon, levantándose–. Y no te olvides de darte un masaje con los aceites esenciales.

–No lo olvidaré. Gracias.

Damon asintió, se volvió y se dirigió a la puerta.

–Mañana por la mañana no voy a ir a la oficina. Tengo una cita con un abogado para un asunto relacionado con Bryce.

–No te preocupes, podremos arreglárnoslas sin ti –respondió ella con voz tensa.

Damon sonrió traviesamente.

–Estoy seguro de ello. Y, Kate, has hecho un gran trabajo. Gracias.

Kate necesitaba decirlo, tenía que decirlo.

–Bryce tenía intención de hacerme directora. El mes siguiente.

–¿Iba a dejar el trabajo?

–No sé qué era lo que quería hacer. Lo único que me dijo era que iba a tomarse un tiempo libre.

Damon arrugó el ceño.

–Tenemos que hacer algunos cambios. Me serán imprescindibles tu experiencia y tus conocimientos.

¿Qué demonios significaba eso? Sin embargo, lo único que podía hacer en ese momento era asentir.

–Buenas noches, Kate.

Y tras esas palabras, Damon se marchó.

Kate sabía que no podía olvidar que él era el jefe, el jefe con el que se había acostado una noche, lo que la ponía en una situación precaria.

Sin embargo, estaba segura de que Damon no la había reconocido. Menos mal. De momento, estaba a salvo. Aunque... no sabía si sentirse aliviada o, por el contrario, desilusionada.

El piso de Bryce estaba en las afueras del barrio de negocios de la ciudad. Damon pasó la mañana del día siguiente poniéndolo en orden. Hizo un rápido inventario y después se fue a comprar algo de comida.

Al mediodía, se encontraba sentado al escritorio del pequeño despacho en el piso de Bry, tratando de ordenar papeles en cajas de zapatos.

Era un caos total.

Se masajeó la nuca y se frotó el rostro. Le escocían los ojos. Le dolía la mandíbula de apretar los dientes. Y todo porque no había dormido lo suficiente... a causa de una mujer en la que no podía dejar de pensar.

Le había hecho el amor. Había sido la mujer más ardorosa que había conocido en su vida.

Pero no, había sido una farsa, Shakira no existía, era una fantasía. El *alter ego* de Kate Fielding.

Capítulo Cuatro

El martes, Kate llegó temprano al trabajo por si acaso Damon había cambiado de idea e iba a la oficina. Encendió el ordenador y abrió uno de los archivos con los que había estado trabajando el día anterior.

La noche anterior se había dado un baño y había puesto en el agua aceites esenciales. Después del baño, se había sentido infinitamente mejor.

Aunque eso no hacía que estuviera menos resentida con él aquella mañana. Ahora estaba en el trabajo. El trabajo y el placer eran cosas completamente distintas.

–Bueno, ¿qué te parece? –la voz de Sandy la sacó de su ensimismamiento.

Kate levantó la cabeza, notó la expresión ensoñadora de su compañera de trabajo y se dio cuenta de a qué se refería Sandy. A pesar de ello, preguntó:

–¿Que me parece qué?

–El nuevo jefe. Damon.

Sandy no había pronunciado, sino suspirado, el nombre. Esa no era forma de que una empleada hablara de su jefe, pensó ella con un remilgo que le sorprendió a sí misma.

–Estrictamente hablando, no es nuestro jefe,

Sandy –Kate empezó a darle al teclado–. No lo será hasta que no diga que lo es. Aún no nos ha informado de qué es lo que piensa hacer. Puede que venda el negocio.

–No creo, puesto que ya ha hecho algunos cambios.

Kate dejó de teclear y se quedó mirando a Sandy.

–¿Cambios? ¿Qué cambios?

–¿No me digas que no has visto la cafetera atómica que ha puesto en la sala de descanso?

¿Cafetera? ¿Cuándo la habían llevado? ¿Y de dónde había sacado el dinero?

–No he tenido tiempo de tomar café. Tengo que terminar la reserva de este grupo y la aerolínea me está dando la lata. Además, no necesitamos una cafetera –murmuró ella.

–¿Qué es lo que te pasa? –Sandy, mirándola, frunció el ceño–. Desde que ha llegado, no has hecho más que protestar. ¿Tienes algo en contra de los hombres irresistibles?

–No. Es decir, si es que te gustan los tipos con aspecto de pasarse la vida al aire libre –Kate volvió a fijar la mirada en el monitor, pero volvió a levantar la cabeza y a mirar a su compañera–. Ayer no me dijiste que había llamado.

–Ah, se me olvidó. Perdona.

–Le dijiste que yo estaba ocupada con un cliente y no era verdad, no estaba con ningún cliente. Estaba en la parte de atrás, sola, porque no quería contagiarle a nadie el resfriado.

Sandy se encogió de hombros.

–Me equivoqué. Perdona –Sandy se levantó de la silla–. Deja que te compense con el mejor café que has probado en tu vida. La máquina hasta hace capuchinos.

–¡No! –le espetó Kate–. No. Gracias, pero luego me prepararé uno yo misma.

¡Cafeteras! Protestó ella en silencio mientras marcaba el número de teléfono de la aerolínea y se quedaba a la espera de que respondieran la llamada. Era evidente que Damon quería tener a los empleados de su parte. Les gustaba, querían que se quedara. ¿Y ella? ¿Qué iba a pasar con ella?

¿Y después de la cafetera? ¿Un cambio de dirección y un nombre nuevo para la agencia? Damon Gillespie parecía la clase de hombre que quería dejar su propia huella en el negocio. Podía imaginarlo: «Damon´s Travel», escrito en letras grandes y rojas.

Pero aquel era un negocio personalizado, tenían clientela fija. ¿Por qué cambiar algo que funcionaba?

Acababa de finalizar la reserva cuando el teléfono sonó.

–Aussie Essential Travel, buenos días. Le habla Kate Fielding. ¿En qué puedo servirle?

–Buenos días, Kate. Parece que te ha mejorado la voz.

–Hola, Damon –a pesar suyo, el pulso se le aceleró. Lanzó una rápida mirada a Sandy que, por suerte, estaba hablando por teléfono–. ¿Puedo ayudarte en algo?

–Necesito a alguien que conozca la zona. ¿Podrías quedar conmigo a las tres de la tarde?

–¿Está relacionado... con el trabajo?

–Por supuesto –respondió él en tono de «¿qué otra cosa podría ser».

Exacto, ¿qué otra cosa podía ser? Sabía que le gustaba a Damon, pero él no sabía que ya habían estado juntos. Y no le iba a dar otra oportunidad.

–Está bien.

–Estupendo. Pasaré a recogerte.

–¿Vamos a ir los dos solos?

–Sí. ¿Te importa?

–No, claro que no –mintió ella.

–El horario de trabajo es de ocho cuarenta y cinco a cinco y media, Kate. Lo demás... –dejó la frase en suspense.

Lo demás era justo lo que le preocupaba.

–De acuerdo –respondió ella con voz ronca.

–Entonces, hasta luego.

Kate esperaba que, para las cinco y media, hubieran acabado. Las horas extras eran muy peligrosas.

Kate apagó el ordenador y agarró el bolso en el momento en que vio a Damon bajarse del BMW plateado delante de la oficina. Por motivos en los que no quería pensar, no deseaba que los de la oficina oyeran lo que pudieran hablar.

–Si se presenta algún problema, llámame al móvil, Sandy –dijo Kate de camino a la puerta.

–Trata de ser amable –le sugirió Sandy–. Queremos que se quede.

Le sacudió un viento frío con amenaza de lluvia. Damon paseó la mirada por su traje de chaqueta pantalón color negro y camisa blanca, prácticamente igual que el azul marino del día anterior. Él llevaba una chaqueta de cuero negro y camisa blanca.

Damon le abrió la portezuela del coche, esperó a que se acomodara y volvió a cerrar.

–Espero que los zapatos que llevas sean cómodos –le dijo él cuando se hubo sentado al volante–. Vamos a tener que andar un poco, si el tiempo lo permite.

–Sí, son cómodos –eran zapatos de abuela. Tenía un problema de caderas de nacimiento y los zapatos de tacón, que tanto le gustaban, le producían un dolor horroroso. Decidió hablar de otra cosa–. Conduces un coche muy caro. ¿Es de alquiler?

¿O se estaba gastando ya la herencia?

–Sí, lo he alquilado. Al parecer, voy a tener que quedarme aquí un tiempo. Tengo que arreglar todos los asuntos referentes a Bry y, además, está la agencia de viajes.

–Sí, la agencia de viajes –su trabajo dependía de Damon y de lo que él decidiera hacer. El ascenso por el que tanto había luchado parecía estar escapándosele de las manos.

–Estás muy callada –le dijo él, ya en camino–. ¿Te pasa algo?

–No, nada.

La tensión en el coche aumentó. Comenzó a llover, una lluvia torrencial. Damon aparcó al lado de un parque infantil, muy cerca de una agencia de viajes a dos manzanas de Aussie Essential.

–Empecemos aquí –dijo Damon al tiempo que le daba un cuaderno y un bolígrafo–. Quiero que tomes nota de las ofertas especiales que tengan, de los precios, etcétera. Tenemos que saber qué hacen las demás agencias de la zona con el fin de ser competitivos.

–¡Por el amor de Dios, Bryce era muy competitivo! Además, lo único que tenemos que hacer es echar un vistazo a sus páginas web.

–Uno aprende más viendo la clase de clientes a los que atraen, echando un vistazo al establecimiento y tomando nota de los otros negocios a su alrededor.

–Para eso, no me necesitas –Kate frunció el ceño–. Podías hacerlo tú solo.

Damon sonrió traviesamente.

–Pero no sería tan divertido.

Volviendo la cara a la ventanilla, ignoró el brillo de los ojos de Damon al mirarla, la respuesta de su propio cuerpo.

–Nos van a detener por vagabundear.

Con un poco de suerte, sería de lo único de lo que les acusarían. Porque cada momento que pasaba le costaba más no acercarse a él y comprobar lo suave que era esa chaqueta de cuero. Y lo duro que era ese pecho…

–¿En qué estás pensando, Kate?

No, no.

–Estoy pensando que, desde aquí, ni siquiera puedo leer el letrero.

–Para eso es para lo que sirven los binoculares –Damon abrió la guantera.

–El parabrisas se está empañando y van a acabar arrestándonos por espiar. ¡Ya está bien! Dime, ¿para qué me has traído aquí?

El humor desapareció de los ojos de él, que se tornaron de color miel oscura.

–De acuerdo, quería hablar contigo. Sólo contigo. A solas contigo.

Kate se quedó inmóvil.

–Me has traído aquí engañada –declaró ella tensa–. No quieres ver qué hace la competencia. Lo que quieres...

Apartó los ojos de él, incapaz de mirarle, negándose a permitirle ver lo que debía haber visto en su rostro. Y, para distraerse, pasó una mano por el parabrisas, limpiándolo. Una luz color limón se estaba abriendo paso entre las nubes.

–Quiero que me des tu honesta opinión sobre Aussie Travel. No quería que el resto de los empleados oyeran nuestra conversación.

Ah. No iba a seducirla. Se trataba de trabajo. Bien.

–En mi opinión, las cosas marchan bien –respondió ella despacio–. Menos la contabilidad. Bryce se encargaba personalmente de la contabilidad. Pero, tras su muerte, he estado examinando los libros de contabilidad y no lo entiendo. Yo no soy contable, pero necesitamos que alguien que sepa lo que se hace los examine.

Damon frunció el ceño.

–Sí. Y con urgencia –él sólo había tenido tiempo de echar un vistazo a las ventas del mes anterior, pero no concordaban con los extractos bancarios. La miró fijamente a los ojos–. Voy a ser sincero contigo, Kate. Hay que invertir muchas horas de trabajo en Aussie Essential.

–¿Has echado un vistazo a la situación financiera de la empresa? –Kate arqueó las cejas.

–¿Te sorprende?

–La verdad es que... sí.

–No tienes buena opinión de mí, ¿verdad?

Kate enrojeció al instante.

–No te conozco lo suficiente para tener una opinión sobre ti.

Damon le agarró la barbilla, obligándola a mirarle.

–Pero, por lo que ya sabes...

–Tú mismo me has dicho que nunca pasas mucho tiempo en el mismo sitio. Por eso, pienso que no hay nada que te importe mucho.

Algo profundo brilló en sus ojos.

–Continúa.

–Vives el momento. Cuando te cansas de algo, lo dejas. ¿Me equivoco?

Aflojó los dedos en torno a la barbilla de ella y, en esa ocasión, fue él quien volvió la cabeza mientras luchaba contra el vacío que sentía desde hacía tantos años.

–No eres la única que piensa eso.

–¿Por qué iba a ser diferente en esta ocasión?

–Porque esta vez se trata del negocio de mi tío. Ahora, mi negocio –Damon volvió a mirarla–. Tú no me quieres aquí, ¿verdad?

La falta de respuesta fue la afirmación que necesitaba. No había sido una pregunta, más bien una afirmación. No obstante, habían hecho el amor. Sexo satisfactorio y desinhibido. El mejor sexo de su vida.

Y ella lo sabía. Lo único que Kate no sabía era que él lo sabía. Había llegado el momento de sincerarse.

Damon se pasó una mano por el cuello de la camisa como si así quisiera deshacerse de la sensación de ahogo. La conversación había tomado un camino inesperado. Era culpa suya. Abrió la puerta del coche.

–Vamos a dar un paseo.

–Está lloviendo –dijo ella, mordiéndose los labios.

Damon retiró la mirada de la boca de Kate y de su sensual tentación.

–Está sólo lloviznando. Vamos, anímate.

El parque infantil estaba vacío. Damon medio secó un columpio con la mano, se sentó y comenzó a balancearse.

Kate se quedó de pie, en el césped, con la chaqueta del traje abotonada y el cabello tirante recogido con un pasador. En la expresión de Kate se veía censura. Tan fuera de lugar parecía que no pudo evitar sonreír.

–Vamos, señorita Fielding, hay otro columpio.

Kate miró el reloj.

–Estamos perdiendo el tiempo.

–¿Hacer algo divertido te parece perder el tiempo?

–Puede que a ti te divierta comportarte como un niño, pero a mí no.

–Porque no te lo permites.

Kate se miró el traje; después, miró el columpio y sacudió la cabeza.

–Está mojado.

–Eso tiene fácil solución –Damon se puso en pie, se quitó la chaqueta y la colocó encima del asiento del otro columpio–. Venga, compórtate como una niña aunque sólo sea un momento. Te apetece, aunque no quieras reconocerlo.

Kate titubeó antes de asentir y permitirle que la ayudara a sentarse. Sonrió cuando se puso en movimiento.

–No me subía a un columpio desde los doce años.

Damon volvió a sentarse en el suyo y comenzó a columpiarse al ritmo de ella.

–Te preocupa tu puesto de trabajo, ¿verdad? –comentó él por fin.

–Naturalmente. Si lo que dices es verdad, la empresa tiene problemas. Y no me preocupa sólo mi trabajo; al fin y al cabo, somos seis empleados.

–Haré todo lo que pueda para evitar que os quedéis sin trabajo.

Kate asintió.

–Está bien. Es todo lo que puedes hacer –Kate se

miró el reloj–. Hablando de trabajo, todavía tengo un montón de cosas que hacer en la oficina.

Damon se sintió defraudado.

–A tu jefe no le va a molestar que te tomes un descanso.

Kate paró el columpio, se puso en pie y se alejó unos pasos.

–Tú no eres mi jefe. Todavía no has dicho que vas a comprometerte con la empresa a largo plazo y, a juzgar por la conversación que hemos tenido, no encuentro motivos para pensar que vas a hacerlo. Puede que nos ayudes durante un tiempo, pero luego desaparecerás.

–¿Eso es lo que piensas?

Kate se encogió de hombros.

–La verdad es que no te conozco.

–En ese caso, razón de más para quedarte aquí conmigo –respondió Damon.

Pero Kate no le estaba escuchando. Por lo que agarró la chaqueta y la siguió hasta el coche.

Durante el trayecto de vuelta, siguiendo un impulso, se desvió del camino. En vez de a la oficina, se dirigió a Diamond Bay, al norte de Bondi, donde las olas y las rocas parecían un mundo completamente aparte de Sidney.

–¿Adónde vamos? –preguntó ella con el ceño fruncido.

–Quiero que veas algo.

Damon aparcó en un lugar desde el que podían ver los acantilados y el Pacífico. Era un día gris y lluvioso, pero no menos hermoso que otros días. Salió del coche, respiró hondo y esperó a que Kate le imitara mientras el sonido de las olas rompiendo contra las rocas llegaba a sus oídos.

–Cuando era pequeño, éste era mi lugar preferido –dijo él cuando Kate se detuvo a su lado.

–¿Vivías por aquí cerca?

–No. Vivíamos en una zona medio industrial y medio residencial, una zona donde los trenes, al pasar, hacían vibrar los cristales de las ventanas. Éste era nuestro refugio, nuestra vía de escape.

–¿De ti y de Bryce?

–No, no de Bryce –Damon entrecerró los ojos, molesto por su desliz–. Caminábamos durante horas, por las cimas de los acantilados. A veces, nos asomábamos al borde de las rocas, a ver quién era más atrevido.

–¡Qué horror! ¿Cuántos años tenías?

–Unos doce.

–O sea, mientras yo me columpiaba, tú arriesgabas el tipo.

–Sí.

La última vez que había estado allí había sido el día en que la leucemia acabó con la vida de Bonita. Había mirado el horizonte, preguntándose dónde estaría ella; después, había bajado los ojos, hacia las rocas, pensando en lo impensable…

Ese fue el día en que juró vivir el momento y nunca pensar en el pasado.

–Es una buena caída –murmuró Kate.

Damon cruzó los brazos para protegerse del súbito frío que sentía mientras luchaba contra la melancolía que le invadía. Había sido un error ir ahí, al lugar preferido de Bonita. E ir acompañado de Kate había sido un error aún mayor. Sin embargo, con Kate a su lado, el sufrimiento parecía menor. Era casi como si ella pudiera compartir su tristeza.

En ese momento, se puso a llover con más vigor.

–Bueno, será mejor que nos vayamos –dijo Damon, agarrándole la mano.

Los ojos de Kate brillaron. Era como si ella también hubiera sufrido la pérdida de alguien.

Damon la soltó rápidamente y se apartó de Kate. No. Podía arriesgar su vida, pero no iba a correr riesgos con el corazón.

Capítulo Cinco

–¿Te apetece cenar conmigo esta noche? –dijo Damon.

Estaban de nuevo en el coche, camino de la casa. Damon ya había telefoneado a Sandy para decirle que no iban a volver a la oficina, que cerrase ella.

Kate le miró de soslayo, la tensa mandíbula ensombrecida por una barba incipiente. Su tono de voz no había sido insinuante, sino quedo, como el que podía utilizar un amigo que necesitaba compañía.

Pero era martes, y los martes iba a ver a su familia. El recuerdo de otro tiempo, ahí en los acantilados, se lo había hecho olvidar. Otro tiempo… cuando su hermano se mató en un accidente de ala delta.

–Los martes voy a cenar a casa de mis padres.

–¿Todos los martes? –Damon volvió la cabeza un instante para lanzarle una mirada–. Bien, no te preocupes, da igual. Tu familia es lo primero.

Pero Kate notó que estaba desilusionado.

–Les llamaré para decirles que no voy.

–No es necesario.

Ignorando sus palabras, agarró el móvil, pero le saltó el contestador al otro lado de la línea.

–Hola, mamá. Lo siento, pero esta noche no puedo ir. Voy a cenar con el sobrino de Bryce. Es una cena de trabajo. Siento no haberte podido avisar antes. Te llamaré luego.

Kate no quería que sus padres supieran demasiado sobre Damon.

–Conozco un pequeño restaurante no lejos de…

Pero Damon la interrumpió.

–Deja que cocine yo.

–Ah –había supuesto que iban a ir a cenar a un restaurante. No se le había ocurrido que estarían los dos solos. El pulso se le aceleró al instante–. ¿Sabes cocinar?

–Me encanta comer, así que no me queda más remedio que cocinar. Y se me da bastante bien –Damon sonrió–. Pero me gustaría que me dieras tu opinión respecto a mis habilidades culinarias.

–Si se te ha ocurrido cocinar en mi casa, te advierto que no tengo comida…

–No te preocupes, he hecho la compra esta mañana. Comeremos en casa de Bry –Damon le lanzó una rápida mirada–. No te importa, ¿verdad?

–No, claro que no.

Veinte minutos más tarde, Damon había destapado la botella de vino y estaba preparando una ensalada verde. Kate se había quitado la chaqueta del traje y él se había puesto unos pantalones tipo militar y una camiseta, e iba descalzo. A Kate parecía costarle un gran esfuerzo no tener nada que hacer, por lo que él le había encargado que untara el pan con mantequilla.

–Espero que te guste el pescado –dijo Damon mientras sacaba dos filetes de salmón.

Damon marinó el pescado con aceite de oliva, pimientos, alcaparras, chile picado y algunas hierbas aromáticas.

–Sí, me gusta.

El teléfono móvil de Kate sonó y, tras limpiarse las manos con un trapo, agarró el móvil y contestó la llamada.

–Hola, Rosa. Ah… –Kate se dio la vuelta y cruzó la puerta que daba al patio. Una vez fuera, continuó–. No, no es buena idea. Casi no le conozco, Rose –añadió, sin darse cuenta de que él podía oírla a través de la ventana abierta de la cocina.

Damon sacó los ingredientes para un aderezo de limón para la ensalada y colocó una sartén en el fuego mientras ella seguía hablando.

–No. No es la clase de hombre a quien llevaría a casa de papá y mamá para que le conocieran, ¿vale? A pesar de que parece formal vestido con traje y corbata. Pero detrás de esa fachada… –Kate se interrumpió y lanzó una carcajada gutural–. Sí, exacto. Eh, ni se te ocurra contarle a mamá…

¿Contarle a mamá… qué? Recordó el sábado por la noche e, inconscientemente, agarró con fuerza la botella que tenía en las manos.

–Además, da igual –continuó Kate–. Sólo ha venido a zanjar asuntos pendientes, ver qué hace con el negocio y nada más; luego, se marchará. Ni siquiera sé aún si tendré trabajo el mes que viene. Escucha, tengo que dejarte. Adiós.

Unos segundos después, Kate volvió a la cocina, dejó el móvil en el mostrador y se puso a untar mantequilla con gran energía.

Damon echó a la sartén los filetes de salmón. Mientras se hacía el pescado, aderezó la ensalada y puso la mesa.

–¿Algún problema?

–No, ninguno. Era mi hermana, Rosa. Quiere enterarse de todo. Y, cuando no puedo ir a casa de mis padres por algún motivo, tiene que enterarse de por qué.

El móvil de Kate volvió a sonar.

–Hola, papá –le oyó decir Damon. Y vio cómo se le ensombrecía la expresión–. Sí, claro. Seguro, papá. No, yo… Pensaba que… –hizo una pausa–. Bueno, dile a mamá que lo siento. Sí, adiós.

Cuando cortó la comunicación, Damon sirvió el pescado en los platos.

–¿Problemas?

–No –respondió Kate haciendo un esfuerzo por parecer tranquila–. Vaya, la cena tiene muy buena pinta. Vamos a cenar.

Comieron en el extremo de una mesa llena de papeles. El ruido del tráfico en la calle llegó a sus oídos a través de la ventana abierta.

–¿Tienes una familia grande? –preguntó Damon mientras cenaba.

–Con una madre italiana, ¿qué crees?

–¿Y tu padre?

–La madre y el padre de su madre eran italianos, pero mi padre es australiano de pies a cabeza, aunque le tiene cariño a Italia –Kate se llevó un trozo de pan a la boca–. Y es algo… rígido. Rosa y yo tenemos unos padres muy conservadores y el resto de la familia también lo es.

–¿Tu hermana vive con tus padres?

–Sólo porque va a casarse dentro de unas semanas. Se fue de vacaciones hace cuatro meses, conoció a un francés y se va a casar con él. Léon ha dejado su trabajo para venir a vivir aquí con ella. Es muy romántico.

–¿Tú crees? –Damon sacudió la cabeza–. Les doy seis meses.

Kate se quedó muy quieta.

–No puedes decir eso, no les conoces. Eres un cínico, ¿lo sabías? Compadezco a la pobre que se case contigo.

–No es necesario porque no me voy a casar. Me gusta mi vida tal y como es. ¿Más vino? –Damon volvió a llenar los vasos sin esperar a que ella contestara.

–¿Y cómo es tu vida exactamente?

–Sin complicaciones. Sin obligaciones.

–Irresponsable –Kate vació medio vaso de vino como si estuviera enfadada. ¿O como si le tuviera envidia?

El recuerdo de Bonita le asaltó. No, no quería pensar en eso.

–Bryce quería hacerte socio del negocio hace cinco años y tú rechazaste la oferta –dijo ella, sorprendiéndole.

–Sí, y sabía por qué –cinco años atrás, estaba salvando un negocio y, además, no estaba preparado psicológicamente para volver a Australia–. Sin duda, tú eres muy responsable, Kate. Apuesto a que siempre haces lo que se espera de ti y nunca te desvías para perseguir tus propios sueños.

Damon bebió un sorbo de vino y dejó el vaso encima de la mesa sonoramente.

–¿Eso es lo que hiciste tú, perseguir tus sueños sin importarte las consecuencias ni a quién hacías daño?

No, él había huido de las pesadillas que le habían atormentado.

–Algo así. ¿Qué es lo le pides a la vida, Kate?

–Lo mejor profesionalmente.

Damon sacudió la cabeza.

–No, no te creo, eso más bien parece lo que diría tu padre. ¿Qué es lo que quieres tú realmente, en lo más profundo de tu ser?

Kate guardó silencio unos segundos, con mirada ausente.

–A veces, me gustaría hacer lo contrario a lo que se espera de mí. Me gustaría ser otra persona, aunque sólo fuera por unas horas.

Sí, Damon lo sabía muy bien.

–Podrías empezar así… –Damon le puso una mano en la nuca, le desabrochó el pasador de pelo y se lo soltó. Y vio cómo los ojos se le agrandaban y oscurecían.

–Nunca llevo el pelo suelto en el trabajo. No da una imagen muy profesional.

La sintió temblar.

–Ahora no estás en la oficina.

No le costó ningún esfuerzo quitarle un aro de oro; después, el otro. Le masajeó el lóbulo de la oreja suavemente. La piel de Kate era tan suave como sus cabellos.

Damon clavó los ojos en los sensuales labios color coral. Sin poder evitarlo, se los acarició con la yema de un dedo.

Kate se lo quedó mirando, incapaz de detenerle. No quería que parase. Ningún hombre la había mirado nunca de la forma como la estaba mirando Damon Gillespie en esos momentos. Sus movimientos eran lentos, casi hipnóticos.

–¿Te gustas tal y como eres, Kate?

«Cuando me miras así, me siento como si fuera la única mujer en el mundo».

–Naturalmente. Pero a veces... –debía estar embriagada o en trance, porque quería que Damon volviera a hacerle el amor.

Damon, un aventurero trotamundos. Su jefe.

Y ella era Kate Fielding, empleada en una agencia de viajes, profesional.

–A veces te gustaría ser otra –Damon le acarició la mandíbula–. ¿Es entonces cuando Shakira cobra vida?

Kate parpadeó. De repente, se sintió profundamente humillada.

–¡No! Sí... No...

Deseó que se la tragara la tierra. Deseó estar en su casa sola, fuera del alcance de esa mirada penetrante que podía ver cómo era realmente. Damon no la consideraba una mujer fácil, sino una novata. Una mujer que sólo se había desviado una vez, el sábado pasado por la noche.

Y sintió resentimiento hacia él. Damon no la conocía realmente, no sabía lo limitada que era su experiencia. Todavía obedecía a sus padres, hacía lo que ellos querían y esperaban de ella.

Enfadada, Kate se apartó de él.

–Lo sabías. Sabías quién era. Lo has sabido todo el tiempo, ¿verdad?

–¿Creías que no me iba a acordar de ese lunar debajo del ojo? –Damon extendió el brazo y le acarició el lunar suavemente.

Kate se ruborizó al instante, sintió un intenso calor en el rostro.

–Te has estado burlando de mí. Lo sabías y no me lo has dicho hasta ahora, y eso es burlarse.

–Tú también sabías quién era yo –observó él, y sonrió con expresión cálida.

–Para tu información, Shakira cobró vida el sábado por la noche por primera vez –declaró kate.

Como una tonta, había representado un papel sin pensar en las consecuencias.

Una fuerte mano le agarró el brazo y la obligó a volverse de cara a él.

–Lo sé –dijo Damon.

Y, al instante, sintió la boca de Damon en la suya, apasionada, ardiente y exigente.

Fue todo un estallido. Nunca la habían besado así, con tanta pasión y... algo más. Algo profundo. Los labios le quemaban mientras Damon le ponía las manos en las nalgas y se le pegaba al cuerpo, contra su dura erección.

Kate lanzó un gemido de placer, no pudo evitarlo. Estaba perdiendo el control y no podía permitirse ese lujo. Al menos, por el momento. Intentó apartarse de él.

Al momento, Damon alzó la cabeza y le soltó las nalgas. Le lanzó una mirada retadora.

–Piensa en esto, Kate.

–Yo… tengo que irme –Kate respiró hondo–. Me voy… sola.

Damon dio un paso atrás, dejándola espacio para moverse.

–Te llevaré en el coche.

–No. Tomaré un taxi –Kate agarró el bolso con manos temblorosas.

Se acercó a la puerta y la abrió. Salió a la calle, seguida de él, que iba descalzo. Afortunadamente, vio un taxi y, corriendo hacia él, agitó una mano. El taxi se detuvo al lado de la acera; entonces, después de detenerse y abrir la portezuela, se volvió hacia Damon.

–Gracias por la cena.

–Quiero volver a verte… fuera de las horas de oficina –declaró Damon de repente.

Pero Kate sabía que aquello no era amor, sino deseo sexual simplemente. Su relación con Damon nunca iría a ningún sitio. ¿Podía permitirse el placer de disfrutar sexualmente con él antes de que se marchara del país?

Capítulo Seis

Damon se frotó los ojos y echó un vistazo al reloj del despacho de la oficina de Bry. Las seis de la mañana. Dentro de dos horas y media, los empleados empezarían a llegar. Demasiado que hacer, no tenía tiempo para volver a la casa y darse una ducha. Sabía que si no hacía algo rápido, Aussie Essential Travel se iría a pique antes de lo que había imaginado.

Frustrado tras la marcha de Kate, después de dos horas de intentar dormir sin conseguirlo, había decidido ir a la oficina. Por lo que había visto, era imposible vender la empresa tal y como estaba.

Según Kate, Bry había llevado la contabilidad personalmente, a pesar de no ser un contable.

Damon miró fijamente la pantalla del ordenador. Pulsó unas teclas y se dispuso a hacer una transferencia bancaria de Estados Unidos a su cuenta en Australia. Estaba decidido a sacar a flote el negocio. Era otro reto, y lo que más le gustaba era enfrentarse a nuevos desafíos.

Incluso los que involucraban a una mujer.

Kate. Apenas unas horas atrás había estado a punto de poseerla otra vez. No recordaba haber deseado tanto a una mujer, nunca.

Y tenía intención de volver a acostarse con ella.

Cuando Kate entró en la oficina a las ocho y diez, sabía que Damon ya estaba allí, porque había visto su coche.

Sandy también había llegado, y sonrió ampliamente al verla entrar.

–Hola, Kate –dijo Sandy algo jadeante.

–Hola.

Mientras colgaba el paraguas, se preguntó por qué parecía Sandy tan alterada. Aunque, en realidad, podía imaginarlo: ver a Damon la había dejado atontada. Le pasó otra explicación por la cabeza, pero prefirió rechazarla.

Sandy dio la vuelta al escritorio, se acercó a ella y le abanicó con la mano.

–Vaya, vaya, vaya.

–¿Qué?

–¿Una aventura romántica en la oficina, Kate?

–¿De qué estás hablando? –dijo Kate, estirándose la chaqueta del traje, fingiendo ignorancia.

–De Damon Gillespie y de ti –Sandy se sentó en una esquina de la mesa del despacho de Kate y la falda se le subió hasta medio muslo–. Y yo que creía que no podías soportarle –Sandy sonrió maliciosamente–. Vamos, cuéntamelo todo.

Kate se pasó las húmedas palmas de las manos por la falda y se dirigió al escritorio.

–No tengo nada que contar. Fuimos a echar un vistazo a las agencias de la zona –y por si Damon había mencionado algo, añadió–: Después, como teníamos hambre, cenamos algo.

–Ah, ya, cenasteis algo.

–Sí, eso es.

–¿Estás segura de que no te has dejado nada?

–Completamente segura –declaró Kate enfáticamente–. Y aunque fuera verdad lo que insinúas, no sería una aventura de oficina porque él no trabaja aquí.

Fue entonces cuando, encima de su mesa, vio un papel en el que se le decía que tenía que asistir a una reunión de empleados a las ocho y media. El papel estaba firmado por Damon Gillespie.

Encima, estaban sus pendientes, pegados con celo, a una nota de papel color verde: «Anoche te los dejaste olvidados. D». Era evidente que Sandy había estado ocupada metiéndose en lo que no era asunto suyo.

–No es lo que parece –declaró Kate agarrando los pendientes y la nota–. Además, ¿quién demonios se cree que es? No tiene derecho a convocar una reunión de empleados. No es parte del equipo y, además, se va a marchar –convocar reuniones era parte de su trabajo, llevaba años encargada de eso–. ¿Dónde está Hill? Y Maureen no viene hasta las diez…

–Buenos días, Kate.

Al oír la voz de Damon a sus espaldas, se sobresaltó.

–Ya se lo he comunicado a todos los empleados –le informó él–. Estarán aquí a las ocho y media.

Kate cerró los ojos un momento mientras recuperaba la compostura. Entonces, los abrió rápidamente, al sentir unas manos en sus hombros.

–Relájate, señorita Fielding, todo está bajo control.

Bajo el control de él, pensó enfadada. Pero se contuvo, no quería dar un espectáculo delante de Sandy. Tampoco quería las manos de Damon en su cuerpo, le hacía recordar momentos de locura, de pasión. Enfadada, al menos, mantenía el control.

Bill y Maureen llegaron al mismo tiempo.

–Buenos días, Damon.

–Buenos días a todos. Si queréis serviros un café antes de empezar, adelante.

Un par de empleados fueron a prepararse un café con la nueva cafetera mientras otros se dirigieron a la sala de reuniones.

Por fin, todos estuvieron sentados alrededor de la mesa, con ella a la derecha de Damon. Él la miró y dijo:

–Puede que necesite ayuda –su tono era formal, puramente profesional.

Kate notó que Damon no se había molestado en afeitarse. Una oscura barba incipiente le cubría la mandíbula, confiriéndole un aspecto aún más informal.

–Muy bien, de acuerdo –contestó ella en tono frío.

Damon plantó las manos en la mesa y miró a todos los presentes.

–De nuevo, buenos días a todos. Gracias por venir tan temprano. En primer lugar, quiero agradeceros el trabajo que habéis hecho durante las dos últimas semanas, antes de que yo viniera. Gracias.

Guardó silencio antes de continuar.

–Como todos sabéis, he heredado Aussie Essential Travel. Y he decidido, por ahora, no vender la empresa.

Kate trató de asimilar esas palabras. Ahora, Damon era oficialmente el jefe. Se sentía atraída sexualmente por su jefe.

–Estoy listo para el reto que supone –añadió él–, y espero que podamos trabajar en equipo.

–Es estupendo tenerte con nosotros, Damon –dijo Sandy.

Los demás, se pronunciaron de forma similar.

Kate se lo quedó mirando con los labios apretados. ¿Qué sabía él del mundo de los negocios? El hecho de que hubiera echado un vistazo a la contabilidad de la empresa no significaba que supiera qué hacer.

Como si le hubiera leído el pensamiento, con los ojos fijos en ella, Damon dijo:

–Tengo un máster en Administración de Empresas y he trabajado en este campo aquí y en el extranjero –los ojos le brillaron mientras la permitía digerir la información.

Kate se recostó en el respaldo de la silla. Tenía ganas de pegarle. Damon había tratado de darle otra impresión de sí mismo.

–¿No habías dicho que ibas a estar en Australia poco tiempo?

–No voy a marcharme hasta que el negocio vaya sobre ruedas, Kate –le aseguró él–. Entonces, sólo entonces, te nombraré directora.

Kate apretó los dientes. Entretanto, Damon empezó a distribuir unos papeles, que iban a acompañar a la presentación que había preparado. En los papeles se veía claramente que las ventas habían descendido y los clientes escaseaban. También mostraban las ideas de él en relación a los siguientes seis meses.

Kate examinó los papeles al tiempo que le escuchaba hablar de las mejoras que proponía, algo relacionado con la publicidad y ofertas especiales.

–Vamos a cambiar el nombre de la empresa y su imagen –y esas palabras de Damon la pusieron en alerta–. De ahora en adelante, la empresa se va a llamar Ultimate Journey Travel Agency. No vamos a vender un destino, sino la experiencia de llegar a ese destino –explicó Damon al tiempo que mostraba unas diapositivas de aventureros yendo en canoa en Nueva Zelanda–. Nosotros probamos el producto antes de que el cliente lo compre. En otras palabras, vamos a vender también nuestra experiencia personal. Esta agencia no capta gente joven porque no ofrece la clase de vacaciones con actividades que les gustan a los de veinte y treinta años.

Hizo una pausa momentánea antes de añadir:

–Para solucionarlo, todos y cada uno de los empleados va a pasar por este tipo de experiencia en los próximos seis meses. Todos tenéis menos de cuarenta años, quiero que todos hagáis algo que no habéis hecho nunca.

–Damon, tengo hijos pequeños –interpuso Maureen–. No puedo dejarlos para irme de viaje.

–No te preocupes, Maureen, encontraremos algo que puedas hacer aquí. ¿Has buceado alguna vez? ¿Has hecho espeología?

–Mmm... no –respondió Maureen.

Bill no vaciló ni un instante.

–Yo no tengo problemas –declaró Bill con una sonrisa.

–Estupendo –Damon asintió–. Así me gusta. Entusiasmo. Experiencia –dio unos golpes en la mesa con el bolígrafo–. Kate, tú vas a ser la primera.

Súbitamente, ella alzó los ojos y los de él le sostuvieron la mirada. No, no podía ser. Le había confesado tener ganas de alguna aventura.

–Bryce tenía pensado ir a Bali. ¿Sabes algo de eso?

–No.

–Bien. Espero que tu pasaporte esté en regla.

–Sí, lo está.

Bali. Estupendo. Playa, tiendas y hoteles de lujo, un masaje o dos, algún espectáculo... Sí, ir a Bali no suponía un problema.

–¿Te parece el martes?

–¿Tan pronto?

–El alojamiento ya está reservado. No tiene sentido retrasar el viaje.

Kate asintió. Le iría bien pasar unos días fuera, Damon Gillespie era un problema para su salud. Y trabajar con él era casi imposible.

–Bueno, eso es todo por ahora –Damon miró el reloj y apagó su ordenador–. Son casi las nueve, hora de abrir. Si alguien quiere hablar conmigo de algo, estaré en el despacho de Bryce. Kate, hoy tenemos que hablar de tu viaje.

Kate apagó el ordenador y agarró el bolso en el momento en que Damon salió del despacho de Bryce. Por primera vez, se le veía cansado, pálido, ojeroso. Casi vulnerable. Lo que era ridículo.

–¿Vas a salir? –le preguntó él.

–Iba a la cafetería de enfrente a por algo de comer –al lado del pub en el que habían estado juntos el sábado por la noche–. ¿Quieres que te traiga algo de comer?

–No, gracias, iré contigo. Así podremos hablar mientras comemos.

Por el rabillo del ojo, vio a Sandy siguiéndoles con la mirada.

–Yo… iba a comprar algo y a tomármelo aquí.

–No –dijo Damon con firmeza–. Llevas toda la mañana trabajando, necesitas un descanso, lo mismo que yo –Damon le plantó la mano en la espalda; con la otra, saludó a Sandy–. Volveremos dentro de media hora.

Juntos salieron a la calle.

–Necesitaba un poco de aire fresco –confesó Damon–. Llevo ahí dentro desde las dos de la madrugada.

Kate se lo quedó mirando, atónita.

–¿Desde las dos de la madrugada? ¿Por qué?

Damon aminoró el paso, observándola.

–¿Por qué crees tú, Kate?

El recuerdo del beso se vio reflejado en los ojos de Damon, igual que la pasión entre los dos. Pensó en la sensación del miembro de él contra su cuerpo, haciéndola desear mucho más que un beso.

Kate apartó los ojos de los de él para evitar decir una tontería como «¿Por qué no vamos a mi casa. Podríamos dormir juntos». Y siguió caminando.

Llegaron a la cafetería en silencio y se sentaron en una de las mesas.

A Kate le costó mucho abrir el envoltorio de su sándwich.

–Dejaste mis pendientes y la nota encima de mi mesa, donde todo el mundo podía verlos.

–No se me ocurrió que pudiera tener importancia. ¿Te ha supuesto algún problema?

–En la nota ponías que me los había dejado olvidados por la noche. ¿Qué crees que puede pensar alguien que lo lea? Sandy es una cotilla –removió el café con vigor–. El romance en el trabajo no va conmigo.

–¿Es eso lo que hay entre nosotros, Kate, un romance? –preguntó él con interés.

–No sé cómo llamarlo –respondió ella irritada–. Lo único que sé es que te tengo metido en la cabeza.

Kate se dio cuenta demasiado tarde de que había expresado con palabras lo que pensaba.

–A mí me pasa lo mismo –Damon se acercó a ella y le tocó la mano con un largo dedo bronceado–. Y quiero ver adónde conduce. Por eso voy a ir a Bali contigo.

Capítulo Siete

–¿Que tú vas a venir conmigo? –Kate se lo quedó mirando.

–Sí, así es –respondió él con un brillo travieso en los ojos.

–No me parece... buena idea.

–¿Por qué no?

–Porque... tú y yo tenemos una idea muy diferente de lo que son una vacaciones.

–Ah, Kate, olvidas que no se trata de una vacaciones, sino de un viaje... educacional.

–Está claro que ahora eres mi jefe. ¿Qué van a pensar los demás empleados? De nosotros.

–Por lo que a mí concierne, se trata de un viaje de negocios. Lo que hagamos en nuestro tiempo libre sólo es asunto nuestro. Kate... –Damon le volvió a acariciar la mano. Los ojos se le oscurecieron, su sonrisa se tornó sobria–. Me gustas, Kate. Me gustaste desde el primer momento.

–Te gustó una bailarina del vientre, alguien a quien no conocías. Me viste como un misterio.

–Y a ti te gustó Indiana Jones. Kate Fielding jamás habría tenido relaciones sexuales con un desconocido con mis pintas. Kate Fielding nunca antes se había acostado con un desconocido, ¿verdad?

Kate volvió a ruborizarse.

–Eso no es asunto tuyo –contestó ella tratando de apartar la mano, pero Damon se la sujetó con más fuerza.

–Un consejo: si quieres ser Shakira, ve a un club nocturno; preferiblemente, al otro lado de la ciudad. No lo hagas rodeada de amigos y conocidos, y mucho menos cuando estás con compañeros de trabajo.

Esta vez, sí consiguió zafarse de la mano de él. Se sentía avergonzada. Era como si Damon la hubiera desnudado.

–Gracias por el sabio consejo. Y ahora, disculpa, pero la pobre Kate Fielding tiene que trabajar –Kate se levantó de la silla.

–Por el amor de Dios, Kate, siéntate –Damon le agarró el brazo–. ¿Te haces idea de lo que me excitó que quisieras acostarte conmigo cuando, evidentemente, no era algo que estabas acostumbrada a hacer?

–¿Podrías dejar de retenerme en contra de mi voluntad?

–No es en contra de tu voluntad –Damon le soltó el brazo, como para demostrárselo.

Kate estuvo tentada de marcharse, pero algo la hizo permanecer ahí, de pie.

–¿Cómo lo sabías? ¿Cómo sabías que lo del sexo no era algo que hiciera...? –Kate alzó la barbilla–. Es sólo por saberlo, para comportarme de forma diferente la próxima vez que me guste alguien.

–En ese caso, no te lo voy a decir. Siéntate.

Kate se sentó, pero sólo porque le temblaban las piernas. Entonces, agarró la taza de café y se lo acabó. La situación le parecía surrealista.

–¿Por qué te gusto, cuando sabes quién soy realmente y a ti te gusta otro tipo de mujer?

Damon le clavó los ojos en los pechos, ocultos bajo la chaqueta del traje.

–¿Por qué no nos ponemos a averiguarlo? –respondió él tras una pausa.

Y la respuesta avivó la imaginación de ella. Exacto, ¿por qué no?

Notando que la idea no le había parecido mal del todo a ella, Damon añadió:

–Aprovechemos la oportunidad que se nos presenta para conocernos mejor, durante el tiempo del que dispongamos.

En otras palabras, temporalmente.

–Hablas como si fuera una enfermedad mortal –observó ella.

–Eso no lo sabremos si no nos lanzamos. Las vacaciones de toda una vida.

–Educacionales –le corrigió ella–. Pero te pongas como te pongas, no voy a dormir al aire libre, no voy a volar en ala delta, no voy a lanzarme a un precipicio colgando de una cuerda, ni voy a hacer ninguna de esas… cosas peligrosas.

Aunque una de esas cosas peligrosas era ir a Bali acompañada de Damon.

–¿Dónde está tu deseo de aventura?

–En hibernación permanente.

–Te prometo que no dormiremos al aire libre.

Tampoco tendrás que tirarte por un precipicio colgando de una cuerda.

Damon sonrió traviesamente, alarmándola. La sonrisa de él la mareaba, la hacía desear acariciarle y besarle.

–¿Y qué hay del resto?

Damon se recostó en el respaldo de la silla, sus ojos seguían brillando.

–Viajaremos en primera y el hotel tiene cinco estrellas. Vamos a hacer un trato: yo me encargo de elegir lo que vamos a hacer durante el día y tú de las noches.

Las noches. Elegía ella. En otras palabras, Damon dejaba que ella decidiera si se acostaban o no. Lo cierto es que habría preferido que fuera al revés. Tenía la sensación de que los dos querían lo mismo por las noches.

Pero durante el día...

–¿Qué clase de actividades?

–¿Has hecho ala delta alguna vez?

–No. Y no tengo intención de hacerlo –respondió ella con decisión.

–¿Has conducido una moto alguna vez?

Una Harley Davidson. Su tarzán, ella y una pulsante máquina entre las piernas... La idea era tentadora.

–Di que sí, Kate. Si lo haces, incluso te acompañaré a uno de esos musicales que te gustan.

–Lujo y aventura, ¿eh? –Kate se quedó pensativa.

–Exacto. Tú lo has dicho.

–Está bien. ¿Por qué no? –decidió ella.

–Sólo se vive una vez –declaró Damon con la mirada oscurecida.

Damon apenas vio a Kate a solas durante los días siguientes.

El viernes por la noche, antes de darse cuenta, ella ya se había marchado. Y él salió del trabajo a la una y se metió en la cama.

El domingo por la tarde, le llamó por teléfono.

–Hola, Kate. ¿Has hecho ya las maletas?

–Hola, Damon.

Apartando la silla del escritorio, Damon cerró los ojos y se recostó en el respaldo del asiento. Le encantaba oír a Kate pronunciar su nombre con esa voz aterciopelada. Le hizo desear oír a Kate murmurándole al oído. Mejor aún, gimiendo. Junto a su propia boca, junto a su pecho, junto a su…

–No, no he hecho el equipaje. Lo haré mañana. ¿No me dijiste que podía tomarme el día libre para prepararme para el viaje? –dijo en tono eficiente.

Damon se pasó una mano por los ojos y sonrió al imaginarla en el sofá, con el pelo cayéndole por los hombros, mojado y oliendo a champú.

–Vaya, me sorprende que diga eso la chica que nunca se toma un día libre.

La oyó respirar.

–La culpa la tienes tú. Haces que haga locuras.

Eso esperaba. Se le habían ocurrido muchas cosas que podrían hacer durante esos diez días.

–¿Qué estás haciendo?

–¿Ahora? Estoy buscando información sobre Bali en Internet. En mi ordenador portátil, en la cama.

¿Se le estaba insinuando?

–¿Y qué has descubierto?

–Que algunas playas tienen arena blanca y otras son de arena negra. Estoy viendo un vídeo... con agua azul transparente y arena negra.

–Tendremos que darnos un baño ahí.

Charlaron unos minutos más sobre el viaje.

–Bueno, entonces hasta el martes –dijo Damon–. Un taxi irá a recogernos a tu casa a las diez de la mañana. No olvides meter un bañador.

Damon cortó la comunicación y cerró los ojos. Iba a pasar más de una semana entera en compañía de Kate Fielding. Estaba deseando ver qué pasaba.

–Bueno, ¿y por qué no nos has presentado a tu nuevo jefe? –le preguntó su padre el lunes por la tarde, por teléfono.

Kate deseó que hubiera sido Rosa quien contestase la llamada.

–Papá, es mi jefe, no mi novio. Uno no lleva a su jefe a casa de sus padres para que le conozcan.

–Pero tú sí fuiste a su casa a cenar, ¿verdad?

–Perdona que os llamara para deciros que no iba a última hora, pero Damon estaba solo. Me pidió que me quedara y no podía decirle que no. Teníamos trabajo –recordó añadir al final.

–Pues sigo opinando que lo menos que podías haber hecho era traerle aquí para que le conociéramos. Vas a ir al extranjero con ese hombre, solos los dos… y ya sabes cómo es tu madre.

–Papá, es un viaje de trabajo. No son vacaciones y, además, sé cuidar de mí misma.

–Si te hubieras casado con Nick no tendrías que trabajar.

Ya estaba, Nick otra vez, el mensaje velado de que, a sus años, ya debería tener uno o dos hijos.

–Papá, por si no te acuerdas, Nick me dejó.

La dejó y le engañó con otra mujer, una mujer dispuesta a renunciar a su propia vida para ser ama de casa y tener niños.

–Te llamaré cuando llegue –dijo ella, y cortó la comunicación.

Al día siguiente, a esas horas, estaría en Bali. Con Damon.

Aterrizaron en el aeropuerto, Denpasar Internacional Airport, a medianoche. La humedad del ambiente afectó a Kate, haciéndola sentirse algo mareada, por lo que Damon la apresuró a entrar en la limusina con aire acondicionado que había contratado para que les recogiera. A ella le costó un gran trabajo mantenerse de pie mientras pasaban el control de pasaportes y recogían el equipaje.

–¿No estás mejor? –le preguntó Damon ya acoplados en el vehículo.

–Estoy un poco cansada. Es casi medianoche en Sidney. A estas horas, suelo estar durmiendo.

Llegaron a la playa Nusa Dua, donde estaba su

hotel, a los quince minutos. Cuando la limusina se paró y entraron en el vestíbulo del hotel, a ella casi se le olvidó el malestar que tenía.

Pero un calambre en el vientre la hizo detenerse y contener la respiración. El sudor le caía por la espalda, empapándole la blusa, y el olor a fruta tropical le produjo náuseas. Apretó los labios. No era la primera vez que estaba en el trópico y nunca le había afectado tanto.

Afortunadamente, Damon estaba hablando con una exótica mujer encargada de la recepción, vestida con el traje tradicional, por lo que no se dio cuenta de lo que le pasaba.

Arrastrando los pies, ella se acercó al mostrador de recepción.

–*Selamat datang*, señor Gillespie, señora Gillespie. Bienvenidos –la mujer llevaba una tarjeta de identificación colgada sujeta al vestido, se llamaba Mari–. La suite está preparada. Espero que disfruten su estancia aquí.

A Kate le dio vueltas la cabeza. ¿Señora Gillespie?

–Me parece que ha habido un malentendido –le oyó decir a Damon, pero le oía como a distancia–. No hemos reservado una suite.

–Usted es el señor Gillespie, *¿ya?*

–*Ya.*

Mari volvió examinar la pantalla del ordenador.

–Ha reservado una suite –miró a Damon, luego a ella, y arrugó el ceño–. ¿No están casados?

–No –respondió Damon con firmeza.

Después, le oyó pronunciar su nombre, pero le zumbaban los oídos. Al mismo tiempo, Damon se transformó en una figura humeante que pareció evaporarse...

–Yo... –y todo se tornó negro.

Damon la agarró, evitándola caer. Estaba blanca y su cuerpo estaba frío.

–No está acostumbrada al clima de aquí –dijo Mari volviendo la cabeza.

–Puede ser –contestó Damon–. Oiga, dejemos las cosas como están, no cambiemos la suite. Simplemente, lléveme ahí.

Con Kate en los brazos, Damon siguió a Mari por un corredor. Cuando Mari abrió una puerta al final del pasillo, él llevó a Kate a una enorme cama, apenas prestando atención al lujo de la habitación.

–Voy a llamar al médico –dijo Mari.

–Gracias, pero creo que será mejor esperar un momento, para ver si se recupera –Damon se sentó en la cama, al lado de ella–. Mari, no es necesario que se quede. Llamaré si necesitamos algo.

Mari encendió el ventilador del techo antes de salir. Él le apartó el cabello de la frente a Kate.

Alguien llamó a la puerta suavemente. Un botones dejó el equipaje y se marchó inmediatamente.

Por fin, Damon la vio abrir los ojos. Al instante, ella se incorporó con rapidez.

–¿Dónde... está... el baño? –se tapó la boca con la mano–. ¡Es urgente!

–Ahí –se puso en pie, la llevó en brazos al cuarto de baño y la dejó en pie.

–Vete –gritó ella, cerrándole la puerta de un golpe.

Mientras Kate vomitaba, él agarró el teléfono, salió a la terraza y llamó a recepción.

–Reservé dos habitaciones contiguas –dijo a un hombre que se deshizo en disculpas.

Al parecer, esa noche no les quedaban habitaciones libres, pero el hombre le aseguró que al día siguiente resolverían el problema. También le informó de que, si lo deseaba, enviaría a una camarera para que le preparase el sofá cama del cuarto de estar de la suite.

–No es necesario, gracias –contestó Damon, y colgó.

Daba igual, no podría dormirse hasta no asegurarse de que Kate estaba bien. Miró en dirección a la puerta del baño. La oyó lanzar una maldición y, a continuación, el ruido de un grifo. Bueno, por lo menos Kate estaba consciente.

Damon se quitó los zapatos, salió a la fresca arena, a unos pasos de su terraza, y se quedó contemplando el tranquilo mar. De una cosa estaba seguro, lo de la suite no iba a gustarle a Kate. Bryce había hecho la reserva inicial, de ahí que el apellido fuera el mismo, Gillespie. Su tío había reservado una suite…

Damon sacudió la cabeza. A su tío le había gustado el champán, pero su sueldo sólo daba para cerveza. ¿Por qué había decidido hacer ese viaje, con qué propósito?

Y Kate… ¿le creería cuando le explicara que había sido un malentendido?

Capítulo Ocho

Cuando Damon volvió a la suite al cuarto de hora, Kate ya estaba dormida: tumbada en la cama, con la falda retorcida a la altura de los muslos y la blusa parecía estar estrangulándola. A pesar del ventilador, tenía el rostro y el cuello bañado bañados en sudor.

No podía dejarla así.

–Kate...

–Déjame –dijo ella medio dormida.

Damon comenzó a desabrocharle los botones de la blusa. Involuntariamente, clavó los ojos en el ombligo de Kate. No vio ningún rubí.

Reprimiendo su excitación, continuó desnudándola. Le bajó la falda hasta quitársela. Entonces, la cubrió con una fina sábana.

El sonido de un teléfono le sobresaltó. Agarró el bolso de Kate, sacó el móvil y se lo llevó al oído.

–Éste es el teléfono de Kate Fielding.

–¿Quién es usted? –le preguntó alguien con voz áspera.

–Soy Damon Gillespie.

–¿Qué está usted haciendo en la habitación de mi hija? ¿Y qué hora es ahí?

–Son las doce de la noche –las tres de la madrugada en Sidney. ¿Cómo era que el padre de Kate le llamaba a esas horas?–. Llegamos con retraso. Kate se dejó el móvil en el mostrador de recepción, yo lo agarré y se me ha olvidado dárselo.

–Katerina no nos ha llamado para avisarnos de que había llegado bien.

–Sí, bueno, estamos en Bali y todo está bien. Su hija debe estar durmiendo ya, en su habitación, así que no quiero ir a despertarla. Mañana por la mañana, cuando la vea, le diré que ha llamado. Buenas noches –Damon cortó la comunicación y dejó el teléfono en la mesilla de noche para que ella pudiera verlo al despertar.

Katerina. Exquisito. Desconocía muchas cosas sobre Kate.

Kate se despertó lentamente. Damon había pasado la noche ahí, su olor impregnaba las sábanas. El reloj de Damon estaba al lado de su móvil, encima de la mesilla de noche. Un escalofrío le recorrió el cuerpo al pensar que habían dormido juntos.

Al cambiar de postura, se le bajó la sábana y lanzó un quedo gemido. Estaba sin falda y con la blusa desabrochada.

Otro escalofrío. Damon. Damon la había desnudado. Había deslizado esas manos grandes por sus caderas y le había quitado la falda. Le había visto los pechos al desabrocharle la blusa. La idea de él viéndola así, mientras dormía, la hizo sentirse sumamente vulnerable.

Y ahora... no le veía por ninguna parte.

Igual que Nick, que la había traicionado y la había humillado con otra mujer mientras ella dormía. El verdadero motivo de su separación.

Y también el motivo por el que ella siempre dormía sola, por lo que no quería intimar con nadie. Y esa vulnerabilidad la había aislado, la había relegado a la soledad. Pero... ¡No, no quería lo que Rosa tenía, no quería hijos ni un hombre que la amara por encima de todo!

Se levantó de la cama. Tenía que arreglarse y estar presentable, lista para ponerse a trabajar.

Se dio una ducha rápida, apenas fijándose en el lujo que la rodeaba. Se secó el pelo a medias, dejándoselo suelto. Se cepilló los dientes, se maquilló y se puso un vestido de verano verde lima con un estampado de pequeñas margaritas. Después, agarró su ordenador portátil.

Al salir, notó que las cosas de Damon estaban al lado de un sofá, donde parecía haber pasado, al menos, parte de la noche. Lo que significaba que... quizá no fuera responsable de lo de la suite. ¿O se debía a que ella había estado fuera de... combate? ¿Qué habría pasado si no se hubiera puesto mala?

«Lo sabes muy bien», se respondió a sí misma en silencio.

Pasó por una piscina entre una exuberante vegetación tropical, pero no vio a Damon bañándose. El aroma que salía de un restaurante al aire libre le tentó, pero antes tenía que encontrar a Damon.

Lo vio en el gimnasio, a través de la pared de

cristales. Estaba desnudo de cintura para arriba, con pantalones de ciclista negros de licra, montado en una bicicleta estática. El sudor le bañaba el rostro y lo que se podía ver de su cuerpo. Damon estaba de perfil y, por eso, no la vio, lo que le dio la oportunidad de observarle a sus anchas. Se fijó en los músculos de los muslos y los brazos.

Mientras le miraba, Damon se bajó de la bicicleta y se acercó a un banco. Allí, le vio pasarse una toalla por la cara y sonreír a alguien. Kate siguió la mirada de él. Una mujer. Alta, rubia y atractiva. Damon y la rubia se acercaron el uno al otro y se pusieron a hablar, pero Kate no pudo oír la conversación.

¡Increíble! Acababan de llegar y Damon ya estaba charlando con uno de los huéspedes del hotel. Igual que Nick.

El corazón se le encogió. Hizo un enorme esfuerzo por contener la ira y la humillación que amenazaban con apoderarse de ella.

Damon y la rubia aún estaban hablando cuando Kate se sentó a una mesa en un rincón del restaurante al aire libre. Entonces, encendió el ordenador.

Damon apareció en el restaurante veintisiete minutos después, con una camisa abierta, con el pecho brillándole por el sudor.

–Hola, Kate. ¿Cómo te encuentras?

Kate le lanzó una rápida mirada.

–Buenos días –tras el saludo, continuó tecleando.

–¿Te pasa algo?

–No, nada. Supongo que me sentó mal algo que comí.

Damon le agarró una muñeca. El calor de esos dedos le subió por el brazo.

–¿Qué haces?

–Trabajar. Tú también deberías estar trabajando –Kate se miró el reloj–. Son las once.

Con el ceño fruncido, Damon se sentó.

–¡Por el amor de Dios, Kate! Anoche estabas fatal, no seas tan dura contigo misma. Y otra cosa, ¿qué esperabas que estuviera haciendo la primera mañana que pasamos aquí?

–Por ejemplo, podrías estar averiguando qué es lo que ha pasado. O podrías estar presentando una queja respecto a lo de la suite.

Damon arqueó una ceja.

–¿Qué te hace pensar que no lo he hecho ya?

–Me ha parecido verte muy ocupado en el gimnasio.

A él pareció escapársele la indirecta.

–Anoche hablé con el manager. Se supone que el problema estará resuelto hacia el mediodía.

–Ah –¿por qué, de repente, sentía tan profunda desilusión?

–Bueno, entonces… ¿te encuentras ya bien? –volvió a preguntarle Damon.

–Sí. Debí vomitar lo que me hizo daño.

–En ese caso, voy a por algo de alimento para los dos –Damon se puso en pie.

Pero ella sacudió la cabeza.

–No tengo hambre.

«El enfado me impide comer, por irracional y ridículo que sea».

–Algo suave. Tienes que comer.

Al cabo de un momento, Damon volvió con una bandeja. Le llevó té verde, un panecillo y una manzana. Él había elegido unos bollos y una fragante taza de café.

–Kate, éste no es lugar para trabajar. Supongo que lo que te pasa es que estás enfadada por lo de la habitación.

Despacio, Kate apagó el portátil y lo cerró.

–Si, como has dicho, el problema de la habitación está solucionado, estupendo –Kate agarró la taza de té y se la llevó a los labios.

–Entonces, si no estás enfadada por lo de la habitación, ¿qué te pasa? No me apetece pasarme una semana entera con una mujer tensa, inflexible y poco comunicativa, como estás ahora…

Tensa y poco comunicativa, de acuerdo. Pero… ¿inflexible?

–¿Me estás llamando inflexible? ¿Quién eres tú para decir que soy inflexible? ¿Acaso no he ido en contra de mi voluntad para hacer lo que tú querías? ¿No es por eso por lo que estoy aquí, en Bali? ¿Porque tú quieres que tus empleados tengan experiencia del producto que ofrecen? –Kate dejó la taza encima de la mesa y se puso en pie–. Si quieres que hablemos abierta y honestamente, predica con el ejemplo.

Damon iba a agarrarle el brazo para detenerla,

pero se lo pensó mejor. Nunca había ido detrás de una mujer y se negaba a hacerlo ahora. La vio alejarse con la cabeza muy alta y la espalda muy derecha. Sí, claro que estaba tensa. Pero había conseguido dejarle muy claro lo disgustada que estaba.

Lo malo es que ella le gustaba. Le gustaba mucho. Le gustaba su forma de pensar y que se preocupara por los demás. Era una mujer responsable, digna de confianza y... flexible. E iría a buscarla cuando los dos pudieran hablar con calma... y a él se le quitara el nudo que sentía en la garganta.

Diez minutos más tarde, llamó a la puerta de la suite y luego entró. Encontró a Kate en la terraza, mirando al mar. La brisa le revolvía el cabello.

Se la veía pequeña y vulnerable, y el vestido con las margaritas la hacía parecer muy joven.

–Kate...

Como ella no se movió, él se acercó y se detuvo a unos pasos a espaldas de Kate.

–Mírame, Kate.

Por fin, Kate se volvió, sin rastro de la vulnerabilidad que había creído ver en su postura. Lo que sí vio fue brillo en sus ojos. ¿Enfado? ¿Pesar? ¿Orgullo quizá? No sabía qué era, pero le angustiaba.

Posó los ojos en los pechos de ella, en la estrecha cintura, en las bien torneadas piernas... Y, a pesar de la fresca brisa, la sangre le hirvió.

Con un esfuerzo, la miró a los ojos.

–Te deseo, Kate.

Ella sacudió la cabeza, secándose las lágrimas.

Damon no pudo evitarlo, recorrió la pequeña

distancia que los separaba y la estrechó en sus brazos.

–No –Kate luchó por zafarse de él–. No, esto no va a solucionar nada.

Damon le secó las lágrimas y la miró fijamente a los ojos.

–Todo va a salir bien, Kate, haré lo que esté en mi mano para que así sea. Pero, por favor, dime qué es lo que pasa.

Entonces, Damon le cubrió los labios con los suyos… y se dio cuenta de que Kate le deseaba tanto como él a ella. Durante unos segundos, saboreó su boca, la dulzura de su lengua… Pero Kate, de repente, se apartó de él con brusquedad.

–No, lo único que tú quieres es sexo.

–Hablando honestamente y con sinceridad, eso es lo que queremos los dos –declaró él con calma, con absoluta certeza.

Con expresión indignada, Kate respiró hondo y le clavó un dedo en el pecho.

–Los tipos como tú piensan que el sexo lo soluciona todo.

Damon sonrió, consciente de que parte del enfado de ella se había evaporado, ya que su voz había perdido dureza y se había tornado más ronca.

–¿Qué quieres decir con eso de «los tipos como yo»?

–Me refiero a los tipos que… ¡Sabes muy bien a qué me refiero!

Damon encogió los hombros y recibió una mirada asesina.

–No, no sé a qué te refieres.

Kate continuó mirándole como si quisiera estrangularle. Entonces, arriesgándose a que realmente lo hiciera, alargó una mano y le acarició la mejilla.

–Si crees que lo único que quiero de ti es sexo, te equivocas, Kate.

Kate lanzó una significativa mirada a la abultada entrepierna.

–Eh, yo no he dicho que no quisiera sexo, sino que no era lo único que quería de ti –quizá, el hecho de que Kate pudiera ver lo excitado que estaba físicamente, podía resultar ser ventajoso para él–. Es más, voy a demostrártelo.

–¿Sí? –dijo ella con cinismo–. ¿Y cómo piensas demostrármelo?

–No acostándome contigo.

Eso la dejó confusa, lo que a él le produjo un cierto tipo de satisfacción. La vio parpadear, tratando de ocultar su desilusión.

–Yo no he...

–O lo uno o lo otro, Kate.

La vio cerrar la boca, darse media vuelta y quedarse mirando al mar al tiempo que se cruzaba de brazos. Kate no era la única desilusionada.

–Bueno, voy a darme una ducha –dijo él–. Después, vamos a tener una pequeña charla. Y, a continuación y si te apetece, iremos a dar un paseo. O a bañarnos en la piscina, o lo que sea.

Kate no se volvió cuando preguntó:

–¿Es ésa la actividad que propones para este día?

No, en absoluto.

–Haremos lo que a ti te apetezca –respondió él dándose la vuelta.

Damon fue hasta el sitio donde tenía el equipaje y agarró unos pantalones cortos y una camiseta.

–¿Y qué hay de los deportes de alto riesgo y de las aventuras de las que tanto hablabas?

Se quitó las zapatillas de deporte.

–Has estado mala. Hoy quiero que descanses y te recuperes. Podemos bañarnos en la piscina, como actividad deportiva del día. Ah, y antes de que se me olvide, una huésped del hotel me ha preguntado por ti cuando estaba en el gimnasio –Damon comenzó a andar hacia el cuarto de baño–. Te vio marearte en el vestíbulo del hotel anoche y me ha pedido que te diga que, si no te fías de los médicos de aquí, ella es médico y tiene su consulta en Perth. Está en la habitación treinta y tres.

Kate oyó la puerta del cuarto de baño cerrarse. Así que la rubia era médico. Ahora sí que se sentía como una idiota.

Damon no era Nick. No se parecía en nada a Nick.

Capítulo Nueve

Kate llamó a la puerta del baño una vez; al no obtener respuesta, la abrió una rendija.

–¿Damon?

Le llegó al olfato una fragancia fresca. El sonido del agua le hizo pensar en una tormenta tropical.

–¿Damon? –repitió Kate.

Le vio a través del cristal salpicado de agua. Estaba aclarándose el pelo y... ¡Cielos! A pesar del cristal empañado, podía ver que Damon era perfecto. Una oscura mata de vello le ensombrecía el pecho, bajándole por el vientre hasta...

Kate tragó saliva mientras se derretía por dentro. Los pies se le clavaron al suelo, aunque era consciente de que debía marcharse. ¿En qué había estado pensando al ir ahí?

«Sabes perfectamente en qué estabas pensando», se dijo a sí misma. Había tomado una decisión. Tanto si eran unas vacaciones como si era un viaje de trabajo, en esos momentos estaban muy lejos de sus casas, de la familia, de la agencia de viajes y de sus compañeros de trabajo. Sabía lo que hacía... ¿O no?

Damon se pasó una mano por el cabello, sacudió la cabeza y miró en su dirección. La expresión no le cambió, quizá estuviera acostumbrado a que las mujeres fueran al cuarto de baño cuando se estaba duchando.

–¿Kate?

Kate le miró a los ojos. Entonces, las piernas le temblaron.

–Quería hacerte una pregunta.

–¿Querías hacerme una pregunta? –repitió él–. ¿Y no podía esperar a que saliera del baño?

–No –Kate se obligó a sí misma a mirarle a los ojos. Sólo a los ojos–. Al decir que no ibas a acostarte conmigo... ¿te referías a nunca más?

Apenas sin apartar la mirada de la de ella, Damon agarró un bote de algo y se echó una especie de crema en la palma de la mano.

–Me refería a ahora –se frotó las manos despacio, un músculo de la mandíbula se le tensó–. Por lo tanto, te sugiero que te vayas. Ahora que estás a tiempo.

La idea de ser el motivo de que él perdiera el control le aceleró el pulso.

–Estaba pensando que podíamos...

–Kate, te lo advierto, no estoy bromeando –dijo él con voz espesa.

–Ni yo –Kate abrió una mano y le enseñó un paquete de condones. Entonces, se levantó, se llevó las manos a la espalda y se bajó la cremallera del vestido. Se lo quitó y lo dejó caer al suelo–. ¿No querías que practicáramos deportes de agua?

Le vio tragar saliva mientras recorría la mirada por su cuerpo casi desnudo. Le vio echarse más crema en las manos.

Se dio cuenta de que Damon no podía pensar más allá del momento. Ella tampoco.

–También has dicho que haríamos lo que yo quisiera –se desabrochó el sujetador y lo tiró al tocador. Entonces, se bajó las bragas.

Damon lanzó un juramento.

Ella lanzó una carcajada, achacándolo a su nerviosismo. «Bien, Kate, hazlo divertido».

Abrió la puerta de cristal y se metió en la ducha con él. Y entonces contuvo la respiración, el condón se le escapó de la mano y lanzó un grito.

–¡Está fría! –fue a echarse atrás, pero él la sujetó.

–Tú tienes la culpa de que esté fría –le murmuró Damon al oído–. Demasiado tarde para retractarte, tu suerte está echada.

Entonces, le besó el lóbulo de la oreja y luego se lo mordió suavemente. Posesivamente. Eróticamente. Por fin, manipuló el grifo hasta que el agua salió caliente.

Kate lanzó un gemido cuando Damon pegó el cuerpo al suyo. Nunca había hecho el amor con un hombre tan alto. Con la espalda tan ancha. Tan impresionante. Nunca se había sentido tan pequeña como se sentía con Damon.

El golpeteo del agua de la ducha añadía una nueva dimensión a las sensaciones que le sacudían el cuerpo. Sensaciones sorprendentes. El calor del cuerpo de Damon y el frescor del suelo de mármol de la ducha. El exótico aroma de la loción que él tenía en las manos mientras le acariciaba los hombros y la espalda.

Demon le besó el hombro al tiempo que le ponía las manos en las nalgas para pegársela al cuerpo. Y...

–¡Aaaah...!

El gemido de Damon salió de lo más profundo de su pecho, vibrando contra su cuerpo. Le cosquilleó los pezones. Después, las palabras y los pensamientos se desvanecieron en una vorágine de deseo mientras Damon le colocaba la espalda contra la pared. Después, la levantó en sus brazos como si no pesara nada.

Ojos con ojos, boca con boca. Sexo con sexo. Le costaba respirar, hasta que el beso de Damon hizo que le resultara imposible. Le penetró la boca con la lengua, ardorosamente.

De repente, le sobrecogió el temor de que Damon fuera demasiado hombre para ella. Sin la protección y el anonimato que el velo de Shakira le había proporcionado, se sentía diferente. En muchos sentidos. Sobre todo, porque ahora se conocían.

Pero había cosas que no habían cambiado, como las sensaciones que le producían las caricias de él al tocarle los pechos, o el cosquilleo que le bajaba al vientre cuando le pellizcaba los pezones. Tampoco habían cambiado el sabor de Damon, su aroma, la pasión que despertaba en ellos el mínimo roce.

De súbito, Damon apartó el rostro del de ella y, mirándola fijamente, cerró el grifo de la ducha y, con cuidado fue apartándose, mientras la dejaba deslizarse hasta que ella pudo poner los pies en el suelo.

–Te prometí que no te obligaría a hacer nada

que pudiera cansarte –murmuró él con voz ronca y profunda.

–Ya me siento mucho mejor –le aseguró ella.

Damon agarró una toalla.

–No. Creo que deberías tumbarte.

–Ah… Sí… Bueno, quizá tengas razón…

–Sí, claro que tengo razón.

Damon la envolvió en la toalla, y le frotó el cuerpo con enérgicos movimientos. Después, agarró el condón del suelo de la ducha y, sin saber cómo, ella se encontró en los brazos de él camino a la cama.

Damon la tumbó boca arriba; después, él se arrodilló en la cama, con cada pierna a un costado de ella, pegándole las rodillas a las caderas.

–Quédate así, tumbada, y relájate.

Despacio, le quitó la toalla como si estuviera abriendo un regalo. La mirada de Damon casi parecía poder tocarla, acariciarla. Le produjo un placer que nunca antes había sentido.

–Tienes un cuerpo exquisito, Kate.

Kate creyó haber visto algo más profundo en los ojos de Damon y rechazó la punzada de desilusión que sintió. ¿Había esperado que él dijera otra cosa? Aquello no tenía nada que ver con los sentimientos ni las emociones, se recordó a sí misma; se trataba de sexo y era pasajero.

–Tú tampoco estás nada mal –dijo ella, forzando una sonrisa.

Se quedó contemplándole… hasta que las miradas ya no fueron suficiente para ella.

–Damon…

–Sssss –susurró él bajando la cabeza–. Te he dicho que te relajes.

Kate se rindió al mordisqueo de él en sus pezones mientras le pasaba las manos por los hombros, el torso, la cintura y luego los pechos. Con suavidad, pero firmeza.

No, no podía relajarse así. El pulso se le aceleró, el cuerpo le pedía más. Pero sus protestas fueron ignoradas. Aunque… no eran protestas, más bien eran gemidos y súplicas. De deseo.

Cerró los ojos cuando la boca y las manos de Damon descendieron por su cuerpo, cuando le hundió la lengua en el ombligo. Y más abajo. Pero cuando el aliento de Damon le acarició el sexo, le agarró inmediatamente la cabeza.

–Yo…

Damon alzó el rostro y la miró.

–¿Qué pasa?

–Nunca… nadie… –se calló, no podía seguir.

Una expresión de incredulidad le iluminó el rostro a Damon.

–¿Nadie?

El sexo había estado bien con Nick, pero no había sido un hombre que se preocupara demasiado por lo que una mujer necesitaba. Al menos, por ella, no.

–En ese caso, voy a ser el primero.

Kate enterró los dedos en sus cabellos, pero no le apartó de sí. Y…

–¡Aaaah…! –la primera lametada la dejó sin sentido. La segunda vez, estallo. Explotó.

Debió tardar unos segundos en volver de donde había estado, del lugar adonde él la había llevado, a la relativa realidad de aquella habitación.

Entonces le vio abriendo el envoltorio del condón. Después, se lo puso, mirándola fijamente, por encima de ella.

Y cuando la penetró, ella le rodeó la cintura con las piernas y comenzó a moverse al ritmo que él marcaba, alcanzando las estrellas una vez más.

Y llegaron ahí arriba juntos.

–Oh, Dios mío... –Kate cerró los ojos en el momento en que ambos se relajaban en la cama–. Creo que me ha tocado la lotería.

–Y dos veces –Damon parecía orgulloso de sí mismo.

–También eso ha sido por primera vez –a Kate le pareció que Damon debía saberlo.

De costado, Damon levantó la cabeza ligeramente, apoyándola en una mano, para mirarla. Entonces, comenzó a describir círculos en su vientre con la yema de un dedo, perezosamente.

–Me tienes muy sorprendido, Katerina.

Kate contuvo la respiración al oírle llamarla así.

–Vaya, supongo que mi padre llamó anoche.

–Sí –Damon sonrió–. Me preguntó qué hacía en la habitación de su hija.

Ella casi sonrió también.

–Supongo que no le dijiste nada, ¿verdad?

–Le dije que te habías dejado el teléfono olvidado en la recepción del hotel y que yo lo había visto y lo había recogido. No le has llamado todavía, ¿eh?

–No, todavía no –y no tenía ganas de hacerlo en ese momento.

–Estaba preocupado por ti –dijo Damon–. Como es natural que le ocurra a cualquier padre que se precie.

Kate recordó lo poco que los padres de Damon se habían preocupado por él.

–Lo sé –se encogió de hombros–. Pero ya he cumplido treinta años.

–Un buen padre jamás dejará de preocuparse por sus hijos, aunque ya sean adultos. Concédeles el privilegio de preocuparse por ti, Kate. No les des motivos de preocupación.

La media sonrisa de Damon no disimuló la seriedad de su mirada.

–Lo único que digo es que les llames –añadió él.

–Sí, lo haré, pero más tarde, después de que hayamos comido –Kate alargó la mano y agarró la carta del hotel con el menú–. He recuperado el apetito, estoy muerta de hambre.

Media hora más tarde, estaba tomando un tentempié. Una sopa ligera seguida de un plato tradicional de Bali a base de arroz, *nasi kuning*, y pescado asado en hojas de banana.

–Conoces muy bien la comida de aquí –comentó ella chupándose los dedos–. ¿Habías estado antes?

Damon tragó el arroz que tenía en la boca.

–He pasado bastante tiempo en esta parte del mundo.

–¿Por qué te marchaste de Australia?

Damon se quedó inmóvil unos segundos.

–Ahí no había nada que me retuviera –contestó él por fin.

–¿Ni tu abuela? ¿Ni Bryce?

–Bryce y yo ya no teníamos nada en común. Y mi abuela... siempre me sentiré agradecido. Pero llegó el momento de marcharme y lo hice –Damon apartó su plato–. ¿Y tú, Kate, qué conoces de Asia?

Damon no quería seguir hablando de sí mismo. No quería abrir viejas heridas. Bonita había sido la única persona a la que había querido incondicionalmente.

–He estado en bastantes sitios. Damon...

Damon vio preguntas en los ojos de ella. Unos ojos que le recordaron demasiado a los de Bonita. Si no tenía cuidado, Kate le iba a afectar más de lo que había imaginado. Y no quería que ocurriera.

Por fin, la vio darse por vencida y no insistir, pero notó dolor en el tono de su voz cuando dijo:

–Antes de volver a Australia, al trabajo, tenemos que dejar algunas cosas bien claras. En primer lugar, nuestra relación...

–Disponemos de diez días, Kate; bueno, nueve. No pienses en el trabajo ni en el futuro. ¿Qué harías si sólo tuvieras esos nueve días?

Kate frunció el ceño.

–Los pasaría con mi familia.

–¿Y si tuvieras que pasarlos a solas conmigo, aquí?

Damon la miró fijamente a los ojos.

–No pienses en el futuro, no pienses más allá de la semana que viene.

–Así que... lo que quieres decir es que no pensemos en nuestra relación, no pensemos en compromisos ni ataduras. Disfrutemos estos nueve días y ya está. ¿Me equivoco?

–Lo pasaremos bien, Kate.

Ella asintió lentamente.

–Sí, lo pasaremos bien. Pero nada de acostarnos juntos.

Damon se quedó pensativo unos instantes.

–¿Quieres decir que me echas de tu lado? ¿Después de lo que hemos hecho juntos y de lo bien que lo hemos pasado?

–Sí –respondió ella con decisión.

Damon se dio cuenta de que había algo que ella no le había contado.

–¿Qué te hizo ese hombre, Kate?

Kate apartó la mirada antes de contestar:

–Mi exnovio. Nick. Se burló de mí. Pero mejor no hablar de ese tipo de cosas, ¿no te parece? Y, para tu información, yo tampoco estoy interesada en relaciones a largo plazo.

Capítulo Diez

Los días siguientes visitaron mercadillos, templos y también fueron a un par de centros de salud y belleza para darse unos masajes. Por las tardes, fueron a un par de espectáculos culturales y también a algunos clubs nocturnos. Además, encontraron tiempo para disfrutar algunas de las amenidades que ofrecía el hotel, como la piscina y los baños térmicos. Y, por supuesto, la lujosa cama de matrimonio.

Kate estaba en la cama, aún despierta, preguntándose por qué le echaba de la cama por las noches después de hacer el amor; sobre todo, ahora que solo faltaban dos días para volver a Sydney.

Pero los dos estaban de acuerdo en que no habría nada más entre ellos. Lo más seguro era que, al cabo de unos meses, Damon desaparecería otra vez, cuando ella pudiera demostrar que tenía la capacidad necesaria para dirigir la empresa.

El día siguiente iba a ser su último día en Bali. Aquella semana había sido la semana más memorable de su vida, pero necesitaba distanciarse de él.

Estaba a punto de dejar que le destrozaran el corazón. Peor aún, su estúpido corazón no quería oír los consejos de su cabeza.

¿Se estaba enamorando?

Enamorada de un hombre que iba a abandonarla. No, no, no, no. No iba a permitir que nadie volviera a hacerla sufrir de esa manera.

Mientras se dirigían al destino secreto que Damon había programado para su último día, Kate vio algunas alas delta planeando. Al momento, le dio un vuelco el estómago y apartó la mirada.

Pero cuando la carretera comenzó a ascender una colina, le resultó angustiosamente evidente lo que Damon tenía en mente; especialmente, cuando se detuvo a poca distancia de otras personas con el mismo gusto por el suicidio.

–No voy a hacerlo. No lo haré –declaró ella.

–Vamos, Kate –Damon abrió la puerta del coche.

Kate permaneció sentada y sacudió la cabeza.

–No me voy a subir en una de esas cosas. Me prometiste que no tendría que hacer nada peligroso –declaró mirándole a los ojos.

–Hicimos un trato, Kate –Damon sonrió–. Kate, es un tándem, irás conmigo. Lo he hecho cientos de veces.

–No –pero entonces le distrajo un tipo rubio que se estaba acercando a ellos–. ¿Conoces a ese tío?

Damon le saludó con la mano.

–Nos conocimos hace unos años. Es australiano, pero está casado con una de aquí –Damon salió del vehículo para saludar al recién llegado–. Hola, Seb. Te presento a Kate. Está nerviosa, nunca ha hecho ala delta. ¿Podrías tranquilizarla mientras yo preparo el equipo?

Seb se sentó en el asiento del conductor mientras Damon se alejaba en dirección a un pequeño edificio.

–No tienes de qué preocuparte. Damon es un piloto con mucha experiencia.

–Me ha traído en contra de mi voluntad. No voy a poner en peligro mi vida.

–Dime, ¿qué hace una chica bonita chica como tú con un tipo como Damon? –preguntó Seb, ignorando sus protestas–. No me digas que, por fin, ha decidido sentar la cabeza.

–Un tipo como Damon jamás sentará la cabeza. Trabajamos juntos, eso es todo.¿Qué le parece a tu mujer que arriesgues tu vida de esta manera?

–Ella también vuela en ala delta. Pero ahora, con el bebé...

–¿Un bebé? ¿Tienes un bebé y sigues haciendo esto?

Seb cambió de postura en el asiento, visiblemente incómodo.

–No es gran cosa.

–¿No? ¿Dirías eso si ella tuviera un accidente y muriese? ¿Qué te parecería tener que criar a tu hijo tú solo?

–Ah, ahí viene –Seb salió del coche precipitadamente.

Kate le vio correr hacia Damon, que llevaba dos cascos en las manos y muchas otras cosas. Vio a Seb encogerse de hombros y a Damon fruncir el ceño.

Ella les miró furiosa. Después, echándose hacia delante, agarró las llaves del coche y salió del vehículo. Al verla caminar hacia ellos, Seb se despidió con la mano y se alejó a toda prisa.

Damon dejó toda su parafernalia en el suelo.

–Kate, no va a pasar nada.

Damon la rodeó con los brazos. Aspiró su aroma. Vivo, estaba vivo. Por el momento.

–Eso no lo puedes asegurar –contestó ella apartándose de él y mirándole a los ojos–. Si quieres arriesgar tu vida, adelante. Pero yo vuelvo al hotel.

La sonrisa de Damon se desvaneció.

–Estás exagerando, Kate –dijo él con frialdad.

–¿Eso crees? –Kate sacudió las llaves del coche, que tenía en la mano–. Mi hermano murió al saltar de un acantilado, estaba haciendo ala delta. No voy a quedarme aquí a ver otro accidente.

Se hizo un profundo silencio. Después, la ira y la desesperación dieron paso al cansancio.

–Tú quédate –Kate giró sobre sus talones y caminó en dirección al coche; pero, a medio camino, Damon le agarró por los hombros y la obligó a darse la vuelta.

–Kate...

–Déjame –dijo ella controlando las lágrimas.

–No.

A Damon le sacudió un repentino sentimiento de culpa mientras tiraba de ella hacia sí y le rodeaba el cuerpo. Enterró la nariz en su cabello.

Los recuerdos le asaltaron. Volvió a ver a Bonita morir.

Comprendía la angustia de Kate. Y también se dio cuenta de que ambos se habían enfrentado al dolor de la pérdida de un ser querido de forma muy diferente. Ella evitaba los riesgos, él los perseguía para amortiguar el dolor.

–Es que la palabra muerte no significa nada para ti –dijo ella alzando la barbilla.

–La palabra muerte me hace pensar en vivir el presente porque nunca se sabe cuándo uno va a morir.

Kate cerró los ojos y dos lágrimas le resbalaron por las mejillas. Él se las secó con los pulgares.

–Si te enfrentas a esto y lo superas, sentirás una libertad que jamás has sentido.

Kate pareció librar una lucha interna; después, enderezó las espalda y, cuando abrió los ojos, en ellos brilló una nueva luz.

–Confía en ti misma, Kate –añadió él.

–Me deberás un favor enorme –murmuró ella por fin.

Damon empezó a recoger el equipo y le puso el casco a Kate, que había empalidecido visiblemente.

–Vamos, no te asustes, esto es como el sexo –le aseguró él–. Volaremos hasta el fin del mundo y...

–Y yo gritaré –le advirtió Kate apretando los dientes–. Y puede que me desmaye.

–Está bien, acabamos de prepararnos. Si tienes algo en los bolsillos, vacíalos –ella negó con la cabeza–. Ahora, ponte las gafas.

–Para tu información, te diré que no hago esto por ti, sino por mí misma –declaró ella con gesto retador.

***

–Lo has hecho, Kate, lo has hecho.

–Sí, es verdad –Kate apoyó la cabeza en el respaldo del asiento del coche y cerró los ojos.

Damon se dio por enterado y guardó silencio.

Se sentía confuso, no quería que su relación acabara, aún no. No quería volver a ser sólo el jefe de Kate. Quería... Sintiendo un cierto ahogo abrió la ventanilla.

¿Qué era lo que quería? Deseaba a Kate, la mujer que le hacía arder cada vez que la miraba, incluso cuando iba vestida con esos trajes de chaqueta de corte conservador. O cuando llevaba un jersey grande y zapatillas. O cuando iba desnuda. Sobre todo, desnuda.

Le gustaba aquella chica protegida por su familia, aquella chica a la que no le gustaba correr riesgos. Katerina.

Pero sabía que su relación con ella no podía ser duradera aunque quisiera. Eran demasiado distintos. Kate necesitaba seguridad, tanto en el trabajo como en los demás aspectos de su vida.

Y, sin embargo, había ido en ala delta con él.

Llegaron al hotel a primera hora de la tarde. Damon se acercó a la terraza de la habitación, cerró las persianas y dejó la habitación en sombras.

Cuando se volvió hacia ella, Kate estaba soltándose la coleta. El pelo le cayó como una negra cascada sobre los hombros.

Damon se puso tenso. El miembro se le endureció al instante. Siempre le pasaba lo mismo, la miraba y se excitaba. Dio un paso hacia ella, pero Kate levantó la mano, haciéndole detenerse.

–Nos vamos esta noche –dijo ella–. Mañana por la mañana estaremos en casa otra vez y volveremos a ser compañeros de trabajo.

–No hay motivo por el que no podamos ser algo más que eso, Kate. No tenemos por qué ser solo compañeros de trabajo.

–No podemos ser nada más –declaró ella tras un débil suspiro–. Y no es porque tú seas mi jefe, sino porque ambos queremos cosas distintas.

Kate le había dicho que quería seguir trabajando, que lo que le interesaba era su carrera profesional. Pero, en los ojos de ella, había visto otra cosa. Sabía que quería formar un hogar, tener una familia.

Y él no tenía ni idea de lo que eran un hogar y una familia. ¿Cómo iba a poder darle eso a Kate si nunca lo había vivido? Kate tenía razón, lo mejor era dejar las cosas como estaban.

Kate sacudió la cabeza y él le notó los erguidos pezones bajo el fino tejido de la blusa. Y la vio mirándole la bragueta.

–Al parecer, los dos queremos lo mismo en estos momentos –dijo Damon.

–No –Kate se descalzó, cruzó el espacio que los separaba y le pasó las yemas de los dedos por los brazos–. Tú siempre das las órdenes, tanto en el trabajo como en la cama. Esta vez, voy a asumir el mando –le murmuró ella al oído–. Y quiero una fantasía.

–Bi-en –balbuceó Damon.

Kate se inclinó hacia él, acariciándole el brazo con las sedosas hebras de sus cabellos, pegándole los redondos y pesados pechos al cuerpo. Pero cuando él trató de rodearla con los brazos, Kate se echó hacia atrás y le dio un manotazo en el brazo.

–Se trata de mi fantasía, así que vas a hacer lo que yo te diga. Y métete las manos en los bolsillos.

Kate le deslizó los dedos por debajo de la camiseta, encendiéndole el cuerpo entero. Quería la boca de Kate donde tenía las manos, quería sentir el aliento de Kate en la piel.

Como si le hubiera leído el pensamiento, Kate le lamió el ombligo y después hundió la lengua. Él aspiró profundamente y ella emprendió un viaje ascendente. Un lametazo en un pezón le hizo lanzar un gruñido. Y al sentir la mano de ella en la cremallera de la bragueta…

–Yo…

–Sss. No digas nada. Y quítate la camiseta.

Damon obedeció. Entonces, Kate le desabrochó el botón de la cinturilla del pantalón y le bajó la cremallera para apoderarse del miembro erecto con frescas y hábiles manos. Él respiró hondo. Sí, manos muy hábiles. Habría jurado sentir todos y cada uno de los dedos de Kate en su miembro, mientras lo acariciaba, mientras le llevaba al borde del…

–Cuidado –le advirtió Damon con la respiración entrecortada.

–Siempre tengo cuidado. A muchos les puede parecer que demasiado –Kate le deslizó las manos por debajo de los pantalones y le acarició los muslos. Se detuvo en las rodillas y alzó la cabeza–. Esas botas… me entorpecen el camino.

Maldición. Le resultaba difícil agacharse, pero lo consiguió. También se quitó los vaqueros y los calzoncillos. Y, cuando se incorporó, se miraron a los ojos.

Él estaba desnudo, duro como una piedra y listo. Y Kate aún estaba completamente vestida.

–Túmbate en la cama –le ordenó ella, sin moverse, y esperó a ser obedecida–. ¿Tienes paciencia?

La tensión que sentía era casi insoportable. Quería acción. Ya.

–En estos momentos… más bien no.

La risa brilló en los ojos de Kate. Él se sentía… vulnerable. Pero la vulnerabilidad que sentía no era física, sino emocional.

Damon apretó la mandíbula, negándose a rendirse a esa sensación.

–Ven aquí, Kate –dijo Damon en tono autoritario.

Pero en vez de ir a la cama, Kate se acercó a la puerta.

–No muevas ni un dedo –dijo ella mientras la abría–. Ahora mismo vuelvo.

–¿Qué demonios…?

Pero la puerta se cerró tras ella.

Capítulo Once

Damon estaba adormilado cuando oyó el repiqueteo de unas campanas. Abrió los ojos. Su aún medio erecto miembro se irguió. Tragó saliva.

–¿De dónde has sacado eso?

–En este hotel se puede encontrar prácticamente de todo –dijo ella–. Incluso disfraces.

Tocó los diminutos discos de bronce del sujetador y los dejó repiquetear.

Kate se acercó al equipo de música y puso un CD. Una sensual música árabe comenzó a sonar.

Con los ojos fijos en los de Damon, comenzó a mover las caderas y el vientre al ritmo de la música.

Los ojos de Damon le comunicaron lo mucho que le gustaba lo que estaba viendo. Él tenía razón, sentirse libre era maravilloso. Ese día había conseguido hacer cosas que jamás había imaginado que podría hacer. Quizá estaba preparada para arriesgar más en la vida.

–Basta. Ven aquí –dijo Damon con impaciencia.

–De acuerdo. Pero lo haremos a mi manera.

Por primera vez en la vida, quería llevar las riendas. Siempre había hecho lo que los demás querían que hiciera. Siempre tratando de complacer a todos.

Kate se subió a la cama y abrió los pliegues de la falda para enseñar que no llevaba bragas, y se montó encima de él.

Se desabrochó el sujetador con diminutas campanillas y platillos, se lo quitó, lo dejó caer en la cama y permitió que Damon paseara la mirada por sus pechos desnudos. Pero fue eso todo lo que le permitió.

–Nada de manos –le recordó ella.

–Condones…

–Ni condones. Quiero sentirte dentro. Y no te preocupes, estoy tomando la píldora.

Damon asintió y se quedó esperando a que ella se moviera.

Kate le sujetó las muñecas, bajó la cabeza para saborearle. Le besó todo el pecho, sintió los latidos de su corazón con los labios y le encantó cómo el vello del torso de él le cosquilleaba la nariz.

–Por el amor de Dios, Kate, me estás matando.

–Quieres decir que Shakira te está volviendo loco.

Damon sacudió la cabeza.

–No, Kate es quien está volviéndome loco.

–Vamos, cielo, ya está bien de fantasías. ¿Cómo se desabrocha esto? –Damon tiró del cierre y la falda se abrió, dejándola expuesta a su mirada–. Con quien quiero hacer el amor es con Kate.

Damon le cubrió los pechos y le pellizcó los pezones. Ella se abrió a él.

Le miró a los ojos, Damon le sostuvo la mirada con calma, y sintió su unión.

Esa sensación de unión más allá de lo físico solo duró unos instantes, pero Kate se dio cuenta de que era algo peligroso. Un hombre como Damon no podía enamorarse de ella, no quería algo más profundo de lo que había entre ellos. Su temeridad la había llevado a encontrarse en esa situación; sin embargo, se revolvió el cabello con las manos, alzó las nalgas y volvió a descender, absorbiéndole. Y otra vez. Y otra, y otra, y otra… hasta que vio enturbiarse los ojos topacio de Damon.

El avión tomó tierra en Sidney por la mañana. Kate agarró la chaqueta del traje y se calzó mientras el avión se dirigía despacio a la terminal.

–¿Te apetece que paremos a desayunar antes de ir a casa?

Kate continuó mirando por la ventanilla, negándose a mirarle a él. Pero sabía lo que vería: una sensual barba incipiente, que le gustaba sentir en su propia piel.

–No, no tengo hambre –«comer algo me haría pensar en los desayunos compartidos en la cama»–. Tengo que deshacer el equipaje y lavar ropa.

–Y supongo que llamar a tu familia, ¿no?

–De hecho, mañana por la mañana voy a tomar un avión a Coffs Harbour –dijo Kate, consciente de la frialdad de su tono de voz–. Mis padres y Rosa han ido allí a celebrar las bodas de plata de mi tía abuela y de su marido. Esperan que yo aparezca en algún momento este fin de semana.

Pero era mentira, sus padres no esperaban su asistencia a la fiesta porque creían que aún seguía fuera del país.

Damon salió del avión y ella le siguió.

Al poner el pie en el escalón, detrás de Damon, éste se volvió hacia ella. Dos escalones más abajo, mientras descendían, hizo que estuvieran a la misma altura. Damon se inclinó hacia ella, mirándola fijamente a los ojos.

–Tengo la impresión de que quieres que te deje sola. Si es así, quizá sería mejor que tomáramos dos taxis, que fuéramos cada uno por separado.

De repente, a Kate se le hizo difícil respirar.

–Mi casa pilla de camino de la de Bryce. No tiene sentido que tomemos dos taxis.

–No voy a volver a casa de Bryce –declaró Damon alzando ligeramente la barbilla–. Tengo que estar en otro sitio.

Kate vio algo en la mirada de Damon que no había visto antes.

Se trataba de una persona, pensó agarrando con más fuerza la maleta. Movió los pies en el escalón, nerviosa.

Entonces el tacón se le enganchó en una de las hendiduras del escalón y luego se cayó.

Damon se pasó una mano por la mandíbula mientras observaba a Kate. Una ambulancia les había llevado al hospital para que la examinaran. Le habían informado de que Kate sólo tenía una pequeña contusión y un esguince en el tobillo; por lo demás, estaba bien.

En ese momento, Kate estaba dormida. Y, aunque no podía verlo, tenía un chichón en la cabeza.

Al ver a Kate desmayada al pie de la escalera...

¿Se había enamorado de Kate?

La idea le golpeó con fuerza. No quería enamorarse. No sabía qué hacer con un sentimiento como el amor.

No sabía cómo amar.

Se levantó de la silla y comenzó a pasearse por la sala del hospital, el eco de sus zapatos resonando al ritmo de los latidos de su corazón. No era el hombre apropiado para ella. La misma Kate lo había dicho, eran demasiado distintos. Lo que tenía que hacer era sacar a flote el negocio que había heredado de Bry cuanto antes y marcharse de allí.

Se acercó a la ventana del quinto piso, se asomó y clavó la mirada en el puerto. Después, en las ajetreadas calles, y sintió una familiar subida de adrenalina. Necesitaba una distracción, algo que le quitara a Kate de la cabeza. Necesitaba volar en ala delta. Y pronto. Tan pronto como Kate estuviera mejor.

Le cosquilleó la nuca y, al volverse, vio que Kate le observaba. No quiso analizar la mirada de ella ni pensar en su propia reacción al sorprenderla contemplándole.

–Vaya, ya te has despertado –Damon cruzó la sala, se acercó a ella y le tomó la mano, pequeña y frágil–. ¿Cómo te encuentras?

–Como si me hubiera pasado una apisonadora por encima.

–No me sorprende.

–Mis preciosos zapatos nuevos…

Damon no pudo evitar una sonrisa.

–Tienes una contusión y un esguince en el tobillo… ¿y sólo te preocupan tus zapatos?

–Nunca había tenido unos zapatos como esos.

–Pues lo siento, pero el izquierdo está destrozado. Te compraremos otros.

Kate sacudió la cabeza.

–¿Qué hora es? –preguntó ella, e hizo una mueca de dolor al intentar incorporarse.

–Tranquila –Damon le ajustó la almohada para ayudarla a levantar el cuerpo–. Son más de las tres.

–¿Y llevas aquí desde esta mañana? –preguntó ella con el ceño fruncido.

–¿Dónde iba a estar si no?

Damon le soltó la mano y ella, con el ceño fruncido, preguntó:

–¿No habías dicho que tenías que irte?

–Da igual. ¿Y tus padres? ¿Quieres que les llame para que les cuente lo que ha pasado y decirles que no vas a poder ir?

–No. No quiero preocuparles. Déjalo, ya les llamaré mañana –Kate respiró hondo–. Además, te he mentido, no tenía que ir a Coffs Harbour mañana. Siento lo que ha pasado en el aeropuerto.

Damon se la quedó mirando en silencio. ¿Por qué le había mentido? ¿Porque no quería estar con él o porque tenía miedo de estar con él?

–No tiene importancia –dijo Damon por fin.

Damon alzó la cabeza en el momento en que una atractiva doctora, con generoso escote y falda corta debajo de la bata blanca, se detenía al pie de la cama.

Y la sonrisa que la médico le lanzó fue irresistible.

–Buenas tardes. Soy Rosemary Andrews, la médico de turno.

Damon le devolvió la sonrisa.

–¿Qué tal, Rosemary? Yo soy Damon Gillespie.

Ella le miró unos segundos más de lo necesario antes de volver su atención a Kate.

–¿Qué tal, Kate, cómo te encuentras? –preguntó mientras examinaba las pupilas de Kate con una pequeña linterna.

–Me duele el tobillo cuando lo muevo.

–¿Y el golpe en la cabeza? ¿Ves borroso? ¿Dolor de cabeza, náuseas?

–No.

La médico apagó la linterna.

–Puedo darte el alta siempre y cuando alguien esté contigo en la casa.

–Vivo sola.

–Ah –la médico lanzó una rápida mirada a Damon–. En ese caso, permanecerás...

–Yo me encargaré de ella –interrumpió Damon.

Rosemary parpadeó antes de contestar:

–Necesita que alguien esté pendiente de ella al menos durante un día.

–No hay problema.

–En ese caso, me encargaré del papeleo.

Kate siguió a la médico con la mirada, y el ceño fruncido.

–Damon, me parece que no...

–No discutamos, ¿de acuerdo? –le cortó él–. Tu familia está fuera y tú necesitas descansar.

Kate no había tenido intención de dormirse. Habían ido en taxi a recoger el coche de Damon, en casa de Bryce. Ignorando sus protestas, Damon se había negado a parar en casa de ella.

–¿Dónde estamos?

–A una hora al norte de Sidney, cerca del río Hawkesbury.

Kate volvió la cabeza y se quedó mirando una magnífica casa entre los árboles. La construcción se levantaba al borde de una empinada cuesta, era de madera y cristal, con el sol del atardecer reflejándose en los ventanales. Aunque austera en cierto modo, la madera era cálida como la miel y se incorporaba maravillosamente al paisaje.

Abrió desmesuradamente los ojos al ver a Damon subir por el empinado camino antes de parar el coche al lado de un corto sendero de tierra.

–¿Qué es esto?

–El sitio donde vas a pasar los próximos dos días. ¿Cómo te sientes?

–Bien –lo estaría cuando el tobillo dejara de dolerle y la leve jaqueca desaparecieran.

–Ya, vale –Damon no la creyó–. Espera aquí.

Damon se bajó del coche, lo rodeó y abrió la puerta de ella. De repente, olió a campo y a madera quemada. Entonces, Damon la levantó y la llevó en brazos hasta la puerta de la casa, que se abrió antes de que él llamara.

Una mujer más bien redonda y de poca estatura, con una mata de cabello cano y vivos ojos azules les recibió. Detrás de ella, había un hombre alto, encorvado y delgado, ya entrado en años.

–Hola, Jenny –dijo Damon con familiaridad; después, asintió en dirección al hombre–. ¿Qué tal, Leigh?

Jenny sonrió a Kate.

–Tú debes ser Kate, ¿verdad?

–Kate, te presento a Leigh y a Jenny Charlesworth, unos buenos amigos míos.

Kate también sonrió; no obstante, quería que Damon la soltara y dejara de tratarla como si estuviera inválida.

–Encantada de conoceros. No me gustaría molestaros. Damon…

–¿Molestarnos? –Jenny abrió los ojos y pareció querer seguir hablando, pero calló al ver el gesto de Damon.

Kate se sintió confusa. Quería hablar con Damon a solas, preguntarle por qué estaban allí, abusando de la hospitalidad de esa gente, pero él no le dio la oportunidad de hacerlo. Entró en la casa como si fuera suya mientras charlaba con Jenny, que les siguió.

Kate vio de pasada una chimenea encendida.

Damon se detuvo delante de la primera puerta, a escasos metros de la sala principal. Había llamado por teléfono antes de ir y, gracias a Jenny, las cortinas estaban echadas, la lámpara de la mesilla de noche estaba encendida y la cama hecha.

Damon la dejó sentada en la cama. Después, con cuidado, le quitó unos zapatos que había sacado de la maleta de ella en el hospital.

–Métete en la cama. Ahora, dentro de un poco, te traeré el equipaje.

–¿Por qué me has traído aquí? –le preguntó ella en voz baja–. No conozco a esta gente.

–Pero yo sí –Damon le subió las piernas a la cama y la tapó con el edredón–. Hablaremos luego; ahora, necesitas descansar. Vendré a ver cómo estás durante la noche.

–Pero…

Damon le selló los labios con un dedo.

–Luego hablaremos.

Entonces, Damon disminuyó la intensidad de la luz de la lámpara, le dio un beso en la frente y se marchó.

Encontró a Jenny y Leigh en la cocina, tras seguir el rumor de sus voces y el olor a pan recién hecho. Jenny lo estaba sacando del horno cuando él entró.

–¿Ya está más tranquila? –Jenny se quitó los guantes guateados, rodeó la mesa y le dio otro abrazo.

–No sé si tranquila, pero está en la cama, donde puedo echarle un vistazo.

–Uno o dos, me parece a mí –comentó Jenny apartándose de él y lanzándole una significativa mirada.

–No quiero que mis empleados me denuncien –dijo él, guiñando un ojo a Leigh para evitar la mirada de Jenny y, al tiempo, pellizcando un trozo de pan.

Jenny le dio un manotazo.

–Espera a la cena. He preparado un buen guiso. Cuando hace dos semanas viniste aquí, no mencionaste a ninguna chica. Después de la cena, tú y yo vamos a tener una buena charla.

–Yo, que tú, obedecería –le dijo Leigh.

–¿Como haces tú? –dijo Jenny mirando furiosa a su marido.

Pero Damon vio amor en sus miradas, amor incondicional. ¿Qué era lo que mantenía a esas dos personas juntas después de más de veinte años? Eran completamente lo opuesto en todo. Siempre había sido así, desde que los conocía, cuando era un escuchimizado adolescente. Jenny había sido la vecina de su abuela y, como no tenía hijos, se había interesado por el bienestar su tío y de él; sobre todo, de él.

Así que se sentaría a charlar con ella, con los dos, como ella le había ordenado. La idea le puso nervioso. Jenny era una mujer muy perceptiva y tenía miedo de que viera cosas que ni él mismo había descubierto aún. Algo que no quería reconocer.

Capítulo Doce

Kate, adormilada, sentía calor y un bienestar que hacía mucho no sentía. Se arrebujó debajo del edredón y se acercó al foco de calor.

Y sintió la resistencia de alguien cálido y sólido tumbado a su lado. Abrió los ojos. Damon. Encima del edredón y profundamente dormido, vestido y con una manta de lana por encima. A la luz del amanecer, contempló sus pestañas, sus cabellos revueltos y la sombra en la mandíbula. Pero tenía el ceño arrugado, lo que significaba que no estaba cómodo.

Una extraña sensación le recorrió el cuerpo. En contra de la voluntad de ella, Damon había dormido en su cama. Sin embargo, no sentía la vulnerabilidad que había temido sentir. Se sentía a salvo, protegida. Mimada. Y todos sus temores sobre ese tipo de intimidad se disiparon. Damon estaba ahí, a su lado, y era maravilloso.

Damon. ¿Cómo podía haberse enamorado de él tan rápidamente, sin pensar en las consecuencias? Un hombre que no era bueno para ella. Un hombre que no permanecía nunca en el mismo sitio por mucho tiempo. Un hombre que no quería lo que ella quería y a quien apenas conocía.

Pero le encantaba su entusiasmo, sus ganas de vivir, el hecho de que hiciera lo que a él le parecía moralmente bien y al demonio lo que opinaran los demás. La había hecho mirarse a sí misma de forma diferente, la había obligado a salir de sí misma y le había enseñado que el trabajo no lo era todo en la vida.

Damon cambió de postura y abrió los ojos. Ella tragó saliva.

Damon se puso una mano debajo de la cara.

–Buenos días.

–Buenos días –Kate tragó el nudo que tenía en la garganta. Para su desgracia, los ojos se le llenaron de lágrimas.

Al instante, Damon estiró el brazo y le secó las lágrimas.

–Eh, ¿qué te pasa? ¿Te duele algo?

«El corazón», pensó Kate. Pero forzó una sonrisa.

–No. Pero preferiría que te desnudaras y te metieras en la cama conmigo.

–¿Estás segura? ¿Habías dicho que nada de...?

–Sé lo que he dicho. Métete en la cama.

–Lo que tú digas, cielo –respondió Damon con voz adormilada, ronca y apasionada.

La sensación de los dedos de él en su rostro le provocó humedad en la entrepierna. Ah, y esa sonrisa sensual...

Kate deslizó una mano por debajo de la manta de lana, por debajo de la camiseta de Damon, y le acarició la suave y cálida piel. Cuando descubrió que llevaba pantalones de chándal, le resultó muy sencillo meter la mano por debajo del elástico y... lo encontró caliente y duro.

Se acurrucó contra él, frustrada por tanta ropa, la de la cama y la que ellos llevaban puesta, y sólo hizo una mueca de dolor al mover el pie.

–Ah, Kate –Damon se bajó los pantalones y se metió en la cama con una agilidad sorprendente para ser alguien que acababa de despertarse.

Antes de que Damon se hubiera tumbado en la cama, Kate se había despertado, se había quitado la ropa del viaje y se había puesto una camiseta muy larga y ancha que le servía de camisón, lo que no le impedía sentir el cuerpo de Damon contra el suyo. Y a él le resultó muy fácil subirle la camiseta para acariciarle los pechos con las mejillas antes de mordisquearle los pezones.

Kate lanzó un gemido al sentir la erección de él en la pelvis, y otro gemido al sentirle penetrarla con la misma facilidad con la que un cuchillo cortaba la mantequilla.

Era perfecto. Era una auténtica unión. Cada vez que aspiraba se llenaba los pulmones del olor de él, del aroma de sus sexos. Damon se movió despacio, con suavidad. Por fin, la ternura se hizo más desesperada, la pasión aumentó y la misma ola arrastró a ambos.

–Podría pasarme así todo el día –murmuró ella descansando la cabeza debajo de la barbilla de Damon.

–Mmm –Damon le pasó un dedo por la mejilla–.

Puedes quedarte aquí todo el tiempo que quieras, pero yo tengo que ir a trabajar.

–Es sábado –dijo Kate arrugando el ceño.

–Pero como hemos estado fuera todo este tiempo, quiero ver qué tal han ido las cosas y si no ha pasado nada durante nuestra ausencia.

Al oír unos pasos en el pasillo, Kate recordó que no estaban solos.

–Todavía no me has dicho quiénes son Jenny y Leigh ni por qué estamos aquí.

–Eran vecinos de mi abuela. Y estamos aquí porque no quiero que pases el día sola –Damon se levantó de la cama y se puso los pantalones de chándal–. Voy a darme una ducha.

Kate no se dio cuenta de que se había quedado dormida hasta que Damon no le dio un beso en el cuello. Olía a jabón, a café y a pasta de dientes.

–Volveré para la cena.

–¿Te vas ya? –evidentemente, Damon ya había desayunado. Ella se sentó en la cama y bajó las piernas. No podía pasarse el día acostada en la casa de una gente a la que no conocía–. Quiero levantarme.

–Está bien, toma –Damon le echó por encima un albornoz que había a los pies de la cama y que ella había visto entre su equipaje–. Hay una habitación muy cómoda y acogedora en la que encontrarás cosas con las que entretenerte –Damon la levantó en sus brazos–. No debes caminar.

Mientras Damon la llevaba hacia lo que debía ser la cocina, a juzgar por el maravilloso aroma a café, ella miró a su alrededor. Los cristales permitían que el exterior formara parte del interior. Los trabajos en madera y piedra natural eran exquisitos, igual que las alfombras y tapices indígenas que colgaban de las paredes.

Jenny estaba en la cocina, una estancia a base de acero inoxidable y mobiliario negro que parecía salida de una revista de decoración.

Vestida con pantalones y un jersey oscuro, Jenny estaba untando mantequilla en unas tostadas.

–Buenos días, Kate –Jenny apartó una silla de la mesa para que Damon la sentara–. ¿Café? ¿O prefieres un té?

Kate miró a Damon y notó un brillo travieso en sus ojos.

–Café, gracias.

–Bueno, yo ya me voy –Damon le dio un beso a Kate en la mejilla.

Ella quiso rodearle el cuello con los brazos y besarle profundamente, pero no era el momento. Así que le sopló un beso.

–Hasta luego.

–Jenny, no quiero que te preocupes por mí –dijo Kate después de que Damon se marchara–. Ya estamos abusando bastante de vuestra hospitalidad.

–Ah, vaya, eso es lo que a ti te parece –respondió Jenny lentamente–. Bueno, voy a prepararte el desayuno.

Jenny se mantuvo ocupada unos minutos y volvió a la mesa con un desayuno de reyes.

–Vamos, come –dijo Jenny, sentándose frente a ella.

–¡Vaya! –exclamó Kate, mirando el plato con expresión de duda. No estaba acostumbrada a comer tanto por las mañanas–. Espero poder hacer justicia a esto.

–Claro que sí, ya lo verás.

–Tienes una casa preciosa, Jenny –dijo Kate unos instantes después, mientras mojaba pan en la yema de un huevo.

Una de las paredes de la cocina era a base de paneles de cristal abatibles, que al abrirse daban a una parte del jardín en la que había un estanque rectangular. Un puente de madera sobre el agua unía la cocina con otra habitación: una habitación exterior en el buen tiempo y, en invierno, un solario.

Jenny sacudió la cabeza.

–Te equivocas, querida. Esta casa no es nuestra, sino de Damon.

Kate se quedó atónita.

–¿De Damon?

–Ya, no te lo había dicho, ¿verdad?

–No, no me lo había dicho. Así que… –Kate se calló, no sabía cómo continuar.

–¿Que por qué Leigh y yo vivimos aquí? –Jenny cruzó los brazos encima de la mesa, su mirada era dulce–. Damon compró esta casa, según él como inversión, hace ocho años. Pero yo sé que él no tenía intención de invertir dinero en una casa, ya que estaba pasando por un mal momento en su vida. Lo que ocurría era que Leigh acababa de perder su empleo y nos iban a echar de la casa en la que vivíamos, y Damon nos trajo aquí para que cuidáramos de la casa. Se negó en redondo a cobrarnos alquiler, dijo que le bastaba con que hubiera gente de confianza que cuidara de la casa mientras él estaba fuera.

Jenny se interrumpió un momento antes de añadir:

–Pero no te preocupes, no te molestaremos, vivimos en el piso de abajo. Yo sólo subo aquí arriba una vez a la semana para quitar el polvo y echar un ojo a la casa.

–Yo no he venido a vivir aquí –explicó Kate rápidamente–. Tengo mi propia casa.

Y, al parecer, también Damon tenía su propia casa. Realmente, no sabía nada de su vida.

–¿Cuándo estuvo aquí por última vez?

–Hace tres años. Sólo pasó aquí un par de semanas; después, volvió a marcharse –Jenny suspiró–. Creo que va siendo hora de que deje de huir, de que vuelva a casa y eche raíces.

¿Huir?

–Damon vive intensamente la vida. Le gusta la aventura –pero la mirada azul de Jenny escondía secretos que solo Damon podría revelarle.

Jenny la había conducido al solario, con un televisor de pantalla grande, vistas panorámicas y todo tipo de comodidades, el cuarto en el que Damon esperaba que pasara el día. Pero después de veinte minutos de aburrida televisión, ya se había hartado. Había libros de misterio y novelas de aventuras, pero no le apetecía leer. No quería molestar a Jenny, que se había ofrecido para preparar el almuerzo, pero para eso faltaban más de tres horas. Inquieta, medio anduvo, medio cojeó, de vuelta a la casa.

Se detuvo delante de lo que parecía ser el dormitorio de Damon, que Jenny había evitado al enseñarle la casa. Una colcha azul marino, típica de una habitación de hombre, cubría la cama. Al adentrarse en la habitación vio un mueble de cajones y... el primer objeto personal que había visto hasta el momento.

Se acercó a las dos fotos. En una de ellas estaban Damon y Bryce de niños. En la otra, Damon estaba al lado de una chica de pelo negro y ojos oscuros, parecida a ella a esa edad. Debían tener unos quince años. Damon era alto, esquelético, llevaba el pelo largo y quizá algo más claro.

Al lado de la cama había una pila de revistas viejas. Agarró un par de ellas. Ala delta. Tembló y volvió a dejarlas con el resto. No quería pensar en Damon por los aires, no quería.

Volvió a mirar la foto. ¿Quién era ella? Debía haber sido importante para estar ahí expuesta en esa foto.

–Es Bonita.

Kate se sobresaltó al oír la voz de Jenny. Al volverse, la vio en el umbral de la puerta, en las mano parecía llevar unas cuantas cartas.

–Me has pillado con las manos en la masa, me temo –dijo Kate con una risa nerviosa.

–No te estaba vigilando, Kate. Le dije a Damon que cuidaría de ti y eso era lo que estaba haciendo, ver si necesitabas algo.

–Gracias, estoy bien –Kate se volvió hacia la foto–. ¿Quién es?

–Damon y ella eran compañeros de colegio e íntimos amigos. Creo que ella era algo más que eso, pero Damon jamás me dijo nada y yo nunca le he preguntado. Bonita murió de leucemia hace ya unos años.

–Debió ser muy duro para él.

–Le hizo cambiar.

¿Cómo? ¿Por qué? ¿Habían estado enamorados? ¿Era por eso por lo que Damon no quería tener relaciones serias con nadie?

–Damon proyecta una imagen de tipo irresponsable que no quiere ataduras, pero… En fin, la verdad es que no le comprendo.

Jenny asintió.

–Acompáñame al solario, quiero enseñarte una cosa.

Cuando estuvieron sentadas, Jenny dejó los papeles que llevaba en las manos encima del sofá.

–Por Navidades, Damon siempre nos envía una postal y nos cuenta qué es lo que está haciendo –Jenny le pasó una foto de un club nocturno de aspecto sórdido–. Compró este establecimiento con el dinero que le dejó su abuela al morir. Y mira esta foto, así es como está ahora.

Kate contempló la foto que Jenny acababa de darle.

–Conozco este lugar –dijo Kate–. ¿No lo renovaron hace unos años? Es uno de los sitios más frecuentados de King´s Cross. ¿Damon hizo esto?

–Sí. Y cuando Bonita murió, lo vendió, le dieron muchísimo dinero por él, y se marchó al extranjero –Jenny le pasó un par de fotos más. Otro club nocturno, una hilera de tiendas–. Eran negocios en ruinas. Damon los compró, los sacó adelante y los vendió.

Lo mismo que estaba haciendo con Aussie Essential, ahora Ultimate Journey.

–No nos ha dicho nada de esto –confesó Kate lanzando un suspiro.

–Ahora tiene su propio negocio de Internet. En Fénix –Jenny le dio la última fotografía–. Es un hombre de gran talento.

–Sí, ya lo veo. ¿Por qué Fénix? ¿Por qué no aquí, en Australia?

–Porque también es un hombre atormentado. Todo eso... –Jenny señaló la foto–. Es como si así quisiera compensar por algo que quiere, pero que no sabe que quiere. Creo que tú podrías ayudarle.

–¿Yo? –a Kate le dio un vuelco el corazón–. ¿Por qué? ¿Qué ha dicho Damon?

–Lo importante es lo que no ha dicho.

–No –Kate sacudió la cabeza. Ella no era para él. Se acostaban juntos, pero eso era todo. Damon no quería nada serio con ella–. No, yo no puedo ayudarle.

–Pero quieres hacerlo. Quieres comprenderle.

–Sí –confesó Kate.

Sí, quería comprender al hombre del que se había enamorado.

Jenny sonrió.

–Creo que puedo ayudarte.

Damon no regresó hasta por la noche. Al aproximarse a la casa y ver las luces encendidas, una extraña sensación se le agarró el pecho. Era como llegar a casa. Había gente que le esperaba. Jenny le había llamado por teléfono y le había dicho que estaban esperando a que llegara para cenar.

Y Kate estaba allí.

Kate. ¿Le estaba esperando con las mismas ganas de verle que él a ella? Hizo un esfuerzo por contener su entusiasmo. Sí, quería verla. Estaba deseando acostarse con ella, sentir su cuerpo, saborearla, dormir saciado y satisfecho; y esta vez, en la misma cama que ella.

Abrió la puerta y, al instante, olió a vainilla y a madera de eucalipto en la hoguera. Las luces del cuarto de estar estaban apagadas, la lumbre ardía en la chimenea, en el centro de la sala, y había montones de velas encendidas.

Y ahí también estaba Kate, sentada en una vieja alfombra delante del fuego con dos copas de vino blanco espumoso, una en cada mano.

Kate iba vestida con algo blanco, ceñido y escotado, ¿un camisón quizá? En Bali, no se había fijado en qué era lo que Kate se ponía para dormir. Y tenía los pies descalzos.

Nunca había visto nada tan hermoso ni tan seductor. Los cabellos negros de Kate brillaban y su piel parecía de porcelana. Oía el crujir de la madera al quemarse y los latidos de su propio corazón.

–Hola. Bienvenido a casa –Kate dio unas palmadas en el suelo, a su lado–. Esto va a ser un picnic.

–¿Un picnic? –Damon, nervioso, se echó a reír. Después, dejó el ordenador portátil y la cartera junto a la puerta y cruzó la estancia.

–Sí. Y los dos solos.

Damon se quitó las botas.

–Nunca he ido de picnic… así.

–¿Cuántas veces has ido de picnic, Damon? –la sonrisa de él comenzó a desvanecerse y Kate asintió, ofreciéndole una copa–. No eres un experto en picnics, eso está claro.

–No, supongo que no –sin apartar los ojos de los de ella, Damon tomó la copa y la alzó en un brindis–. Por los picnics y por este tipo de recibimientos al llegar a casa.

–Por los picnics y por la vuelta al hogar.

Bebieron el obligatorio primer sorbo. A Kate le brillaban los labios cuando bajó la copa. Él se acercó a ella y le lamió los labios con la lengua. Se sintió tentado de hacerle el amor ahí mismo, en ese momento; pero, evidentemente, Kate había puesto mucho esfuerzo y energía en esa cena. Podía esperar… Más o menos.

–¿Qué hay en la cesta? –preguntó él, separándose de Kate.

–Todo tipo de cosas buenas.

–¿Qué?

Kate levantó un trapo de cocina.

–Tenemos galletas saladas, paté, tres clases de queso, alitas de pollo en salsa picante y pan recién hecho. Luego, de postre, tenemos tarta con natillas de frambuesa y chocolate. Creo que empezaremos con las galletas saladas y el paté –Kate agarró un cuchillo y untó paté en una de las galletas; después, se la dio–. No me habías contado nada de tu negocio en el extranjero.

–Creía que habíamos quedado que no íbamos a hablar de nuestras vidas pasadas…

–Eso no es pasado, sino presente.

Cierto.

–Procuro y distribuyo equipo especializado de cierto tipo de deportes a una clientela internacional –lo que le dejaba tiempo para dedicarse a los deportes que a él le interesaban.

Kate dio un mordisco a su galleta.

–Paracaidismo, ala delta, etcétera, ¿no?

–Sí. Lo bueno de Internet es que no necesito un almacén y puedo trabajar desde donde quiera.

–Así que no tienes que… –el móvil de Kate sonó. Ella lo agarró y miró la pantalla para ver quién le llamaba–. Perdona, pero tengo que contestar.

Después, apretó una tecla y dijo:

–Hola, papá –pausa–. Sí, nosotros también hemos vuelto. Estamos cenando. Sí, Damon y yo.

Esta vez, la voz de Kate era firme, notó Damon, como si estuviera retando a su padre.

–¿Qué tal la fiesta? –otra pausa, y la vio enderezar la espalda–. Ah, yo... –Kate sacudió la cabeza–. Está bien, se lo preguntaré...

Kate se pegó el móvil al pecho y, mirándole, dijo:

–Mis padres quieren que vengas a cenar a casa el jueves por la noche.

Damon arqueó las cejas.

–¿No el martes?

–Todavía están en Coffs Harbour.

–De acuerdo –untó paté en otra galleta y se la ofreció a Kate.

–No tienes por qué aceptar –murmuró ella, mirándole con los ojos muy abiertos. Angustiada, sin agarrar la galleta con el paté.

–¿Por qué? ¿Te avergüenzas de mí?

–Claro que no –Kate miró hacia otro lado, por lo que él no pudo ver su expresión, y dijo al teléfono–. Papá, ha dicho que sí. Dile a mamá que se ponga...

Kate charló unos minutos más por teléfono; después, colgó. Entretanto, él no había hecho más que preguntarse por qué demonios se estaba metiendo en ese lío.

Iba a conocer a los padres de Kate. Era como una película mala. Durante los últimos años, a ninguna de las mujeres con las que había salido le había dado la oportunidad de que le invitara a ir a conocer a sus padres. Le había ahorrado la molestia de rechazar la invitación.

Capítulo Trece

Por fin, llegó el jueves por la tarde. Como su casa estaba a una hora de camino, Damon se había llevado ropa a la oficina para cambiarse antes de ir a recoger a Kate después del trabajo.

Cuando detuvo el coche delante de la casa de Kate, estaba hecho un manojo de nervios. Para empezar, era la primera vez que conocía a los padres de una de sus amantes. Parecía darle más importancia a su relación, cosa que no quería.

Salió del coche. Las rosas que le había comprado a la madre y la botella de vino añejo para el padre estaban en el maletero. Se desabrochó la chaqueta del traje, se la volvió a abrochar y se tiró de los puños de la camisa.

¡Qué demonios, estaría menos nervioso antes de hacer un salto BASE desde el puente Idaho´s Perrine!

Apretó la mandíbula cuando Kate le abrió la puerta vestida con pantalones vaqueros viejos y una camiseta.

–Hola. ¡Vaya, estás para comerte! –dijo ella clavando los ojos en la corbata de seda.

–Eso luego –contestó él con cierta irritación. ¿Cómo no se le había ocurrido preguntarle a Kate qué ropa ponerse?–. Nunca te había visto con vaqueros.

–Eso es porque no me conoces desde hace mucho tiempo, por eso no sabías que también me pongo vaqueros.

De acuerdo, ella tenía razón. ¿Sería mucho pedirle que se cambiara de ropa para que él no... destacara tanto? Pero Kate agarró una chaqueta y, antes de que él pudiera abrir la boca, ya estaban fuera.

Se pusieron en marcha y, al cabo de un rato, cruzaron el puente Harbour Bridge. Por fin, siguiendo las indicaciones de Kate, se metieron en el sendero del jardín delantero de una modesta, pero muy cuidada casa. En el momento en que apagó el motor del coche, ella se volvió y le dio un beso en los labios. Después, apartó el rostro y sonrió.

–Llevaba todo el día queriendo hacer eso.

–¿Y has elegido este momento? ¿Aquí? –dijo Damon, preguntándose si los padres de ella les estarían viendo por la ventana.

Salieron del coche y, mientras él sacaba el ramo de rosas y la botella de vino del maletero, Kate ya había visto abrirse la puerta y estaba recorriendo el camino de la entrada. Los padres de Kate ya estaban en el porche cuando él le dio alcance.

Después de abrazar a sus padres, la sonrisa de Kate se desvaneció.

–Oh, Damon, perdona... no te había dicho que mamá es alérgica a las rosas y que mi padre no bebe alcohol.

–¡Katerina, no seas mal educada! –exclamó la

madre–. Pobre hombre, que se ha tomado la molestia de ponerse traje y corbata para cenar con nosotros.

La madre le miró y le sonrió cálidamente. Entonces, dirigiéndose a él, dijo:

–Gracias por las flores, son preciosas. Es una pena ser alérgica a las rosas. De todos modos, muchísimas gracias.

Kate se parecía mucho a su madre, ahora ya sabía cómo sería Kate a los cincuenta años.

–La próxima vez, serán bombones –si había una próxima vez. Dejó las flores y la botella de vino en el suelo del porche. Después, extendió la mano–. Soy Damon Gillespie...

–Papá, mamá, éste es...

–Paul y Maria –dijo la madre de Kate–. Bienvenido, Damon. Vamos, entrad, la cena está lista. Rosa me ha rogado que os pidiera disculpas, no vendrá hasta más tarde.

Y cuando entraron en la casa, le llegó un agradable y hogareño olor a tomates.

A las diez de la noche, Kate se despidió de sus padres y, cuando Damon puso en marcha el coche, lanzó un suspiro de alivio. Su madre se había quedado prendada de Damon, en cuanto a su padre... parecía costarle más, pero tenía la impresión de que Damon le merecía respeto. Como jefe de ella, por supuesto. ¿Y como amante?

–Déjame que pase la noche contigo –dijo Damon durante el trayecto de vuelta, tras un rato de silencio.

–Mi cama es muy estrecha.

–Nos las arreglaremos –Damon la miró de soslayo, la pasión brillaba en sus ojos–. Por favor, Kate, di que sí.

Kate sabía que Damon no era un hombre para toda la vida, y no le había dado falsas esperanzas. Pero aquella noche había hecho un ímprobo esfuerzo por agradar a sus padres. ¿Por qué? ¿Le importaba la opinión que pudieran forjarse de él, le importaba lo que pensaran de él? ¿Como jefe o como pareja? Y había hecho un gran sacrificio poniéndose un traje.

Y lo había hecho por ella.

–Sí –susurró Kate.

Nunca había estado con un hombre en su habitación. Por eso, tenía una habitación rosa y blanca.

Al llegar a su casa, Kate se detuvo delante de la puerta de su dormitorio, vacilante.

–Es demasiado… infantil.

–No voy a fijarme en la habitación –le murmuró él junto al cuello, quitándose la corbata, que tiró al suelo mientras la seguía al dormitorio.

–¿Dónde está la luz? –preguntó Damon con voz enronquecida por la pasión–. Quiero ver a la mujer con la que voy a hacer el amor.

A los pocos segundos, la lámpara de la mesilla de noche estaba encendida y ellos desnudos, pecho con pecho, muslo con muslo, tumbados encima de las sábanas color rosa.

–¡Cómo he echado de menos estar así contigo! –le murmuró él al oído mientras la penetraba con un ronco gemido de placer.

–Lo mismo digo –se quejó ella, sobrecogida por el deseo.

Damon le introdujo la lengua en la boca. Sabía a tiramisú y a café, a fuerza y a pasión.

Sentirle dentro de su cuerpo, acariciándole la esencia de su ser, la condujo, junto a él, a un lugar mágico donde alas de ángeles le rozaban el cuerpo y un oro líquido recorría sus venas.

En el momento álgido de pasión, Kate le miró a los ojos y el corazón pareció hinchársele hasta el punto de no dejar espacio para nada más.

«Te quiero», dijo ella en silencio.

Unos minutos más tarde, después de que ambos hubieran recuperado el ritmo normal de respiración, tumbados el uno al lado del otro, Kate se obligó a sí misma a enfrentarse a la realidad: le amaba, pero su amor no cambiaba nada. Antes o después, su relación se acabaría. Era inevitable… y sumamente triste.

Damon fingió dormir, pero no podía dejar de pensar. Deseaba olvidar el pasado, dejarse llevar y… dedicarse a amar a Kate.

Pero no podía correr ese riesgo, su estilo de vida se lo impedía. Había visto esa mirada llena de anhelo en los ojos de Kate, una mirada suave, vulnerable, frágil.

Estaba pisando un terreno muy peligroso. Kate se le estaba acercando demasiado, haciéndole desear cosas que no podía ofrecerle. Y si no tenía cuidado, los dos acabarían sufriendo.

Debía tener cuidado, apartarse de ella. El pasado dictaba su futuro. Sólo vivía para el presente. Ese era un buen momento para arreglar el asunto del salto en Malasia.

–Buenos días –secándose el pelo con una toalla, Damon entró en el dormitorio con sólo unos calzoncillos negros.

–Hola –respondió Kate mirando el reloj–. Te has levantado muy temprano. No tenemos que estar en la oficina hasta dentro de dos horas –Kate se estiró.

Damon agarró la camisa que había dejado en una silla de mimbre, se la puso y comenzó a abrocharse los botones sin mírala–. Quiero ir temprano para terminar una cosa que estaba haciendo. Voy a estar fuera el fin de semana.

–Ah, no me lo habías dicho –un mal presentimiento se le agarró al estómago.

–No te lo había dicho porque, hasta esta mañana, no era seguro –contestó Damon mientras se ponía los calcetines.

–¿Has organizado un viaje para este fin de semana esta misma mañana? –preguntó ella.

–A las seis, para ser exactos –dijo Damon con voz fría–. Estaré de vuelta el lunes por la mañana.

Kate agarró su bata de franela, que estaba a los pies de la cama, se la puso y se ató el cinturón.

–¿Adónde vas?

–A Kuala Lumpur.

–¿A Malasia? Pero si acabamos de volver de Bali. ¿Para qué demonios vas a ir allí? –no pudo evitar preguntar. No debería haberlo hecho.

–He organizado un salto con Seb y otro tipo –encontró la corbata y se la puso–. Una oportunidad así no se presenta todos los días, es demasiado buena para dejarla pasar.

–Aquí también se practica el ala delta, aunque no te lo creas –comentó ella.

Damon se quedó inmóvil un momento y la miró.

–Se trata de un salto BASE.

Involuntariamente, Kate lanzó un gemido. No era ala delta, sino algo mucho más peligroso. Algo mortal.

–¿Sabes lo que es eso? –preguntó él al ver que Kate no decía nada.

Un deporte de máximo riesgo, una modalidad de paracaidismo consistente en saltar desde un objeto fijo y no desde una aeronave en vuelo. Un deporte en el que uno podía matarse en cuestión de segundos.

–Sí, sé lo que es. Es suicidio, eso es lo que es –respondió Kate mirándole fijamente a los ojos–. Y no me equivocaba el pensar que eres un irresponsable, un egoísta y un sinvergüenza.

Le pareció ver un brillo de pesar en los ojos de él.

–No me va a pasar nada, no es la primera vez que lo hago. No te preocupes.

–¿Que no me preocupe? ¿Que no me preocupe? –Kate se metió las manos en los bolsillos de la bata y le dio la espalda. Apretó los labios para contener la bilis que le subía por la garganta.

Sintió la mano de Damon en el hombro.

–No te quepa duda de que me verás el lunes por la mañana en la oficina.

Los ojos de Kate se llenaron de lágrimas. Entonces, hizo un esfuerzo y se dio la vuelta para mirarle a los ojos.

–Y si te dijera que te quiero y te pidiera que no fueras a saltar, ¿serviría de algo?

Damon palideció.

–Oh, Kate... –Damon guardó silencio un momento–. Kate, soy como soy. No debes enamorarte de mí.

–En eso tienes toda la razón, pero qué le vamos a hacer –contestó Kate–. No siempre conseguimos lo que queremos y tampoco elegimos de quién nos enamoramos –Kate se encogió de hombros.

–No soy la persona adecuada para ti, Kate –dijo él con emoción, con un profundo dolor reflejado en el rostro–. Tú necesitas alguien que te dé lo que te mereces: un hogar y una familia.

–Soy una chica trabajadora –Kate tenía que creerlo–. Piénsalo mientras arriesgas la vida tirándote por puentes, edificios, acantilados y demás. Hay un riesgo al que no quieres exponerte, Damon, quizá porque sea un desafío demasiado grande para ti.

Capítulo Catorce

Olía a sudor y a adrenalina en el ascensor en el que subían a lo alto de la torre KL los que iban a dar un salto BASE.

Damon, Seb y el amigo de Seb, Brad, una vez en el ático, se reunieron con otra gente. La cornisa de cemento de la que se iban a tirar estaba apenas a unos pasos de donde se encontraban ellos.

Kate. A Damon el corazón le latía cada vez con más fuerza, y se pasó una mano por el rostro. «Si te dijera que te quiero y te pidiera que no fueras a saltar, ¿serviría de algo?».

–Eh, Damon, ¿qué pasa? No te vas a echar atrás ahora, ¿verdad? –dijo Seb, mirándole con curiosidad.

Demon abrió y cerró los puños varias veces.

–No, voy detrás de ti.

–De acuerdo. Hasta luego, os veré ahí abajo –Seb, tras sonreír, fue a la cornisa. Brad y Damon le siguieron.

Seb se lanzó al vacío, seguido de Brad unos segundos después.

–Demasiado cerca –murmuró Damon para sí mismo.

Conteniendo la respiración, contó los segundos

hasta que vio abrirse los paracaídas; entonces, lanzó un suspiro de alivio.

Se agarró la nuca con ambas manos mientras oía voces a sus espaldas. ¿Por qué no saltaba? Kate. Su mente conjuró la imagen de ella cayendo por las escaleras mecánicas. Recordó ese instante de terror, la sensación de impotencia al no haber podido agarrarla a tiempo.

Parpadeó, se enderezó y se tambaleó ligeramente en la cornisa. La ciudad de Kuala Lumpur a sus pies. Otro paso adelante. «Salta antes de que sea demasiado tarde».

«Hay un riesgo al que no quieres exponerte, Damon, quizá porque sea un desafío demasiado grande para ti».

La sabiduría de Kate. El amor de Kate. La cordura de Kate.

Y la verdad. Una verdad que casi le cegó.

Retrocedió con mucho cuidado. En el momento en que pasó de la cornisa al piso firme del ático, se quitó el paracaídas, se lo dio a otro de los que iban a saltar tras él y se dirigió lo más rápido que pudo al ascensor.

Tenía un futuro. Y, por primera vez en años, una razón para vivir.

Cuando Damon entró en la oficina, vio la silla de Kate vacía y su ordenador apagado. Una profunda desilusión se apoderó de él.

Sandy, por el contrario, estaba en su lugar preferido, al lado de la cafetera. Le dedicó una radiante sonrisa por encima de la humeante taza de capuchino.

–Hola, Damon.

–Buenos días, Sandy. ¿Todavía no ha llegado Kate?

Sandy alzó su taza en dirección a la puerta.

–Se ha ido hace poco.

–¿Sí?

–Sí. Ha venido un momento y luego se ha marchado, después de meter sus cosas en una bolsa. De esto hace unos veinte minutos.

Su sonrisa se desvaneció. Sintió una opresión en el pecho. No estaba de humor para adivinanzas. De repente, tras ocho horas de vuelo y sin dormir, se encontraba muy cansado.

–¿Ha dicho a dónde iba o cuándo iba a volver?

Sandy encogió los hombros.

–Creo que ha dejado algo encima de tu mesa en el despacho. Después, sólo ha dicho adiós y se ha marchado.

–Está bien, gracias.

–De nada.

El nudo en la garganta estuvo a punto de ahogarle cuando vio lo que Kate le había dejado encima del escritorio: una foto de ellos dos en un club nocturno en Bali. Agarró la foto y le temblaron las manos. Quizá no lo había notado en el momento, pero ahora podía ver claramente estrellas en los ojos de Kate... y también en los suyos propios. Cualquiera podía ver que él estaba enamorado. Sí, estaba enamorado de Kate. Y Kate estaba enamorada de él.

Qué idiota había sido. Acarició la foto con el pulgar.

–Todavía es posible, Kate –murmuró para sí.

Entonces, agarró las llaves del coche a toda prisa.

El coche de Kate no estaba aparcado delante de su casa. Treinta minutos después, tampoco lo vio en la casa de los padres de ella. ¿Dónde se había metido?

En el camino de vuelta, pasó otra vez por la oficina, por si a caso se le había ocurrido a Kate regresar por allí. Pero no, nada. Ni rastro de ella. Se pasó una mano por la nuca para aliviar la tensión y, de repente, se encontró pasando por delante de la agencia a la que habían estado espiando muy poco tiempo atrás.

Vio un coche parecido al de Kate por ahí cerca. Detuvo su vehículo. El corazón le dio un vuelco al ver una figura solitaria en un columpio. Era una mujer con pantalones vaqueros, jersey y cabello negro azabache.

–Sabes que antes de dejar el trabajo tienes que dar dos semanas de aviso, ¿verdad?

A Kate le dio un vuelco el corazón al oír la voz de Damon mientras se sentaba en el columpio de al lado. Y sintió un gran alivio al verle sano y salvo, vivo.

–Lo sé, pero no me importa. Llévame a juicio si quieres.

–No he saltado.

Esas tres palabras le erizaron la piel. Quería lanzar gritos de alegría y llorar al mismo tiempo. No hizo ni lo uno ni lo otro, sino que continuó columpiándose como si no pasara nada, como si el corazón no pareciera querer salírsele del pecho.

–¿No me digas que te has asustado?

–No.

–Entonces, ¿qué ha pasado?

–Que pensé en ti. No podía dejar de repetirme a mí mismo lo que tú me dijiste.

Kate dejó de columpiarse. No se acordaba de lo que ella le había dicho, pero lo que sí tenía grabado en la memoria eran las palabras de Damon.

–Y tú me dijiste: «Soy como soy» –Kate le miró por primera vez desde que se había sentado a su lado–. Espero que no dejaras de saltar por lo que te dije, porque eso no cambia nada. Si dejaras de ser como eres, si renunciases a tus sueños y dejaras de hacer lo que te gusta, tarde o temprano me lo echarías en cara. Me lo reprocharías.

–No lo he hecho por ti ni porque me lo pediste. Yo siempre tomo mis propias decisiones, basándome en lo que creo que es mejor para mí –Damon se encogió de hombros–. Puede que sea un egoísta, pero es así. De todos modos, antes no había nadie en mi vida en quien tuviera que pensar; ahora, sí.

Era demasiado. Kate volvió a columpiarse. El cuerpo le temblaba, no sabía cómo controlar todas sus emociones. Damos alargó un brazo y la hizo parar; después, tiró de la cuerda, haciendo girar el columpio hacia él, y clavó los ojos en los suyos.

–¿Lo has entendido, Kate? He cambiado por ti, porque... te quiero, Kate. Eres tú lo único que quiero, lo único que necesito –Damon se levantó del columpio y se agachó delante de ella, calentándole el rostro esa fresca tarde de otoño con el aliento–. Ya no quiero correr esa clase de riesgos, han dejado de interesarme.

Damon le acarició la cara, y la caricia le llegó al corazón. Pero aún se negaba a dejarse convencer.

–Me alegro mucho, Damon. Me alegro de haberte ayudado en algo, por poco que sea.

–¿Poco? –Damon sacudió la cabeza y le cubrió las manos con las suyas–. Ya estás menospreciándote otra vez. Kate, esta noche te voy a invitar a la mejor cena de tu vida y luego voy a...

–Esta noche no puedo, Damon.

Damon se quedó muy quieto. Perplejo.

–Naturalmente que puedes.

–No. Le he prometido a mi primo Sean acompañarle a la ópera, a ver *Don Giovanni.*

–Cancela la cita –sabía que su tono era autoritario, pero le daba igual.

Kate sacudió la cabeza.

–Ya ha comprado las entradas.

–Pero sabías que volvía hoy.

–Sí, lo sabía –Kate le sostuvo la mirada sin titubear–. Pero tú no estabas dispuesto a cancelar tu salto cuando yo te lo pedí, y mis motivos eran más importantes, así que ahora no voy a cancelar mi cita –Kate se miró el reloj–. De hecho, he quedado con mi primo dentro de una hora, así que será mejor que me vaya ya.

Damon se incorporó y dio un paso atrás.

–Entonces... mañana por la noche.

–Los martes por la noche voy...

Damon se echó hacia delante.

–Me importa un rábano la cena de los martes con tu familia, mañana vas a cenar conmigo.

Kate parpadeó.

–Está bien. ¿A las nueve en mi casa? –dijo ella con voz tranquila, en completo contraste con la de Damon.

–A las ocho.

–A las ocho y media.

–Estaré en tu casa a las ocho. Si no estás, esperaré.

–Como quieras. Hasta mañana entonces –Kate se levantó del columpió y se sacudió la culera de los pantalones.

–¿Así que no vas a venir mañana a trabajar? –pero Kate echó a andar y se alejó sin responderle–. Vale, de acuerdo –murmuró el para sí.

Alejarse de Damon sin volver la cabeza ni una sola vez era lo más difícil que ella había hecho en su vida. Pero, de haberlo hecho, le habría sido imposible marcharse. Damon la quería. La quería de verdad. Lo había visto en sus ojos y lo había oído en su voz. Pero para que su relación funcionara, Damon tenía que aprender ciertas cosas sobre sí mismo. Sobre su relación.

¿Cuánto tiempo llevaba Damon sentado en el escalón de su casa?, se preguntó Kate aquella noche cuando su primo la dejó en casa. Debía estar helado. Se detuvo al tiempo que él se ponía en pie. Sus ojos reflejaban todo tipo de emociones.

–Creía que habíamos quedado mañana por la noche –comentó ella con voz tranquila, ignorando el martilleo de su corazón.

–No soy un hombre paciente –Damon alzó una bolsa de papel–. ¿Puedo entrar?

Ella asintió.

Tras quitarse la chaqueta, Kate se dirigió directamente a la cocina y se sentó a la mesa. Damon sacó una vela grande de la bolsa, la encendió y apagó la luz, dejando la cocina iluminada con la luz de la vela.

–Es hora de hablar, Kate. Quedamos en que no íbamos a hurgar en el pasado, pero creo que ha llegado el momento de que lo hagamos, ¿no te parece?

Sí, claro que le parecía.

–Háblame de Bonita.

Damon suspiró antes de contestar:

–Bonita y yo nos criamos juntos. Ella lo era todo para mí. Bryce y yo teníamos muy poco en común. Bonita y yo nos hicimos amantes cuando ella tenía solo quince años. Cuando murió de leucemia, dejó un gran vacío en mi vida. Me hizo darme cuenta de que podíamos morir en cualquier momento.

–Nadie sabe cuánto va a vivir –dijo ella con voz temblorosa–. Lo importante es qué se hace mientras se está vivo.

–Y eso incluye el amor –dijo Damon agarrándole una mano–. Sin ti, Kate, no me siento vivo. Me ha costado mucho reconocerlo. Y ahora, háblame de Nick.

Kate tragó saliva.

–Nick y yo trabajábamos en la misma agencia de viajes, éramos compañeros de trabajo. Nick era guapo, atractivo, y a mí me maravillaba que un hombre como él quisiera a una chica como yo. Al menos, eso era lo que creía... hasta que fuimos de viaje de trabajo. Lo que no sabía era que una de nuestras compañeras, que también iba en ese viaje, era, igual que yo, amante de Nick.

–Kate... –Damon le apretó la mano con fuerza.

–Todo el mundo en el trabajo lo sabía. Excepto yo. Nadie me dijo nada, Damon. Se reían de mí a mis espaldas. No me enteré hasta que me dejó para casarse con ella, después de dejarla embarazada –Kate clavó los ojos en la llama de la vela, recordando su humillación–. Si no la hubiera dejado embarazada, igual me habría casado con él, habría dejado el trabajo y tendría hijos con él. ¡Qué idiota fui!

–No, tú no fuiste idiota, lo que pasa es que ese tipo era un sinvergüenza. Pero me alegro de lo que pasó, eso ha permitido que, de ahora en adelante, mi vida tenga sentido. Porque ahora te tengo a ti.

Una gran felicidad la embargó, pero todavía no podía acabar de creerlo. Tenía que decirlo todo, confesarlo todo... Porque lo quería todo.

–Damon, quiero casarme, pero también quiero trabajar.

Ya estaba. Ya lo había dicho.

–¿Y por qué no vas a poder hacer las dos cosas? La agencia necesita una persona que la dirija –Damon le agarró ambas manos–. Y yo te quiero a ti. Te quiero a ti, y quiero tener hijos contigo. Cásate conmigo, Kate.

Kate tenía miedo.

–Me pides que me case contigo, pero... yo trabajo aquí y tú vives en el extranjero.

–Tengo un negocio por Internet, puedo trabajar desde donde quiera. Lo único que necesito es un ordenador. Y a ti, por supuesto –Damon le acarició la mejilla y la miró a los ojos–. ¿Qué me contestas? ¿Estás dispuesta a correr ese riesgo conmigo?

–Yo...

Damon apretó la mandíbula.

–Quizá esto te demuestre que lo digo completamente en serio –Damon metió la mano en el fondo de la bolsa de plástico.

Kate aceptó el objeto que él le ofrecía y, al examinarlo, frunció el ceño.

–¿Una cebolla?

–Un bulbo de narciso. Quiero echar raíces contigo, Kate. Cuando el bulbo florezca en primavera, quiero que nos casemos. Seis meses, Kate. Tienes seis meses para decidirte.

Kate acarició el bulbo y luego le miró con ojos llenos de alegría, de vida. Sin sombras.

–No necesito seis meses, Damon –Kate se inclinó hacia él y le rozó los labios con los suyos.

Era el beso más dulce que le habían dado nunca. Un beso lleno de promesas y felicidad.

Por fin, Kate apartó el rostro del de él y dijo:

–Aunque puede que necesite seis meses para organizar la boda. Una boda italiana.

–Lo que tú quieras, Katerina –Damon volvió a besar esos sonrientes labios–. Ah, y supongo que tendré que volver a enfrentarme a tu padre.

–Estará encantado. ¿Por qué no vamos a su casa a contárselo, ahora?

–¿Ahora? ¿No podría ser mañana?

–A ti te gusta vivir el presente, ¿no?

–Ya no, aunque no tengo ninguna queja con el ahora de ahora –Damon la rodeó con los brazos y se la sentó encima–. Tenemos que planificar el futuro, así que... ¿por qué no empezamos con lo que vamos a hacer de aquí en una hora?

–Mmm –Kate se frotó los labios con los de él y le sonrió mirándolde directamente a los ojos–. Una hora o dos –y acarició su regalo otra vez–. Mañana voy a plantar este bulbo. Lo voy a plantar en un macetero azul y lo voy a colocar en un sitio donde podamos verlo. Y cuando florezca, voy a recorrer el pasillo de la iglesia con él en las manos y te lo voy a ofrecer.

Damon se puso en pie, la levantó en los brazos y comenzó a caminar hacia el dormitorio.

–Bueno, será mejor que empecemos ya. El futuro nos está esperando.

Y nunca le había parecido más prometedor.